和谐校园文化建设读本 |··························

日记与人生

张秀华/编著

吉林教育出版社

图书在版编目（CIP）数据

日记与人生 / 张秀华编著. — 长春：吉林教育出版社，2012.6（2022.10 重印）
（和谐校园文化建设读本）
ISBN 978 - 7 - 5383 - 9005 - 6

Ⅰ．①日… Ⅱ．①张… Ⅲ．①日记－文学欣赏－世界－青年读物②日记－文学欣赏－世界－少年读物 Ⅳ．①I106.6 - 49

中国版本图书馆 CIP 数据核字（2012）第 116128 号

日记与人生
RIJI YU RENSHENG

张秀华　编著

策划编辑　刘　军　　潘宏竹	
责任编辑　张　瑜	装帧设计　王洪义

出版　吉林教育出版社（长春市同志街 1991 号　邮编 130021）

发行　吉林教育出版社

印刷　北京一鑫印务有限责任公司

开本　710 毫米×1000 毫米　1/16　　印张　10　　字数　127 千字

版次　2012 年 6 月第 1 版　　印次　2022 年 10 月第 3 次印刷

书号　ISBN 978 - 7 - 5383 - 9005 - 6

定价　39.80 元

编 委 会

总 序

千秋基业，教育为本；源浚流畅，本固枝荣。

什么是校园文化？所谓"文化"是人类所创造的精神财富的总和，如文学、艺术、教育、科学等。而"校园文化"是人类所创造的一切精神财富在校园中的集中体现。"和谐校园文化建设"，贵在和谐，重在建设。

建设和谐的校园文化，就是要改变僵化死板的教学模式，要引导学生走出教室，走进自然，了解社会，感悟人生，逐步读懂人生、自然、社会这三本大书。

深化教育改革，加快教育发展，构建和谐校园文化，"路漫漫其修远兮"，奋斗正未有穷期。和谐校园文化建设的研究课题重大，意义重要，内涵丰富，是教育工作的一个永恒主题。和谐校园文化建设的实施方向正确，重点突出，是教育思想的根本转变和教育运行机制的全面更新。

我们出版的这套《和谐校园文化建设读本》，既有理论上的阐释，又有实践中的总结；既有学科领域的有益探索，又有教学管理方面的经验提炼；既有声情并茂的童年感悟；又有惟妙惟肖的机智幽默；既有古代哲人的至理名言，又有现代大师的谆谆教诲；既有自然科学各个领域的有趣知识；又有社会科学各个方面的启迪与感悟。笔触所及，涵盖了家庭教育、学校教育和社会教育的各个侧面以及教育教学工作的各个环节，全书立意深邃，观念新异，内容翔实，切合实际。

我们深信：广大中小学师生经过不平凡的奋斗历程，必将沐浴着时代的春风，吸吮着改革的甘露，认真地总结过去，正确地审视现在，科学地规划未来，以崭新的姿态向和谐校园文化建设的更高目标迈进。

让和谐校园文化之花灿然怒放！

本书编委会

❀❀ 目 录 ❀❀

一、日记品读——日记浓缩百态人生

◆ 我有一个发现：每每当我回首，想反思一下刚刚走过的一段日子的时候，我的心里总会回荡着席慕蓉的那句诗"走的最快的总是最美的时光"。

——《北大日记》

◆ 我希望他们能把我的文字带给另一些人，那些在我们身边，还在苦苦地跟癌症作战的人，希望我的经历能对他们有用。他们是我写这些日记的主要动力之一。

——《生命的留言》

青春成长哲思:《夏日终年·我的初三日记》

这本比青春小说更具真实感,比作文选粹更具阅读性的青春日记,真实记录和诠释了一段多彩旖旎而又充满幻想与迷惘的成长历程,被媒体和读者誉为是"90"后的心灵读本。

本书的作者张牧笛 1991 年出生在天津一个知识分子家庭。从小酷爱读书、热爱写作的她年纪轻轻就已成为中国作家协会会员。张牧笛善于从生活中发现真正属于自己的文字,清纯、灵动、优美、明丽,不故作高深,不强布愁云,不做成熟状,快乐则快乐,思考则思考,那富有诗意的言语放射出阳光,给成长的岁月镀上了绚烂多彩的青春光环,开创了一代中学生纯正的文风。

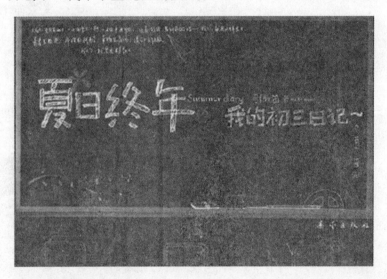

"起初,记下这些文字,是因为寂寞。"张牧笛在讲述这本日记的

写作缘由时这样说道："每当寂寞的时候，我就埋下头来写字，静静地听我们成长的声音。那声音，好像风吹动高大的落叶松，哗啦啦，哗啦啦。那一瞬间，所有寂寞生出影子，都开满了毛茸茸的花朵，并不特别美丽，却是我们三年来相亲相爱地走过的凭证。生命像一条平静清澈的河流，带着琐碎的爱和思想，缓缓流过，一去不返。"就让我们伴着这些灵动的文字，和张牧笛一起静静地聆听成长的声音吧。

内容精选

2006 年 9 月 25 日　星期一

时间有些晚了。天气微凉，星光暗淡。音箱里响着水木年华的《轻舞飞扬》。心情舒畅，又有点忧伤，在写信的此刻。

此时灵魂是轻巧的，幽闭的，轻舞翅膀。它像是刚刚来临，又像是即将飞去。此时我是需要轻声说话的，对着夜，对着心灵，对着远方的人。我的快乐，竟也是微凉的。

我喜欢与人共处的热闹，但长久的喧哗会使我厌倦。嘈杂的行进中，我想我更乐于享受孤独，默对安静的夜晚，承担一个人的精神使命。

情绪深深浅浅，像蓝色背景下的云朵。我总是喜欢在深夜写信，因为静。我是个梦游者，可我不能为所欲为。每天我最迟六点二十分就得爬起来，我的困倦是我最大的辛苦。

可又无法放弃写信，就像无法放弃喜悦、伤感和情不自禁的想念。在深蓝的夜幕下，对着远方的人吟唱，这是无可替代的幸福。

"不管世界多么热闹，热闹永远只占世界的一小部分，热闹之外的世界无边无际，那里有着我的位置，一个安静的位置。"这是周国平在

《安静》里的一句话。

我却觉得，比安静更为重要的是独行，灵魂的独行，即肉体在低处，灵魂在高处，不被虚华漂染，不与伪善接壤，充分享受脱离尘世的那么一种悠然与宁静。有人可能会问，热闹有什么不好吗？人生的意义不就是要做到与人和睦相处吗？

我说的是灵魂的独行。它不是另类，也不是清高。独自行走时，灵魂像杯里的水，包含前生的记忆，也包含来世的微笑。它是时空的纽带，无法割舍。独自行走，是心灵升华的通道，是感情回归的路径，是鲜明的精彩，也是简单的美好。只有独自行走，才可以真正感受到灵魂的跳动，属于火焰颜色的那一种，美得让人灼痛，让人窒息。

独自行走的灵魂，具有深蓝色的海的品格，也像海一样，是世上最清澈的一滴眼泪。如果连灵魂也变得世俗和污浊，那么还有谁能够救赎跌倒的我们？

每个生命都有独立的存在方式。我们需要朋友，但不能把生存的意义总是建立在共同的追求上，建立在寻求心灵的默契上。人与人就如同太阳和月亮，黄昏是它们的契合点，虽然有这样一个点的存在，却永远都不可能重合。

……

2007年2月3日　星期六

来自天南地北的礼物到了。用刀子划开包装盒时，我按捺不住急促的呼吸和夸张的叫嚷。用木汐和司琪的话说，我得意得有些忘乎所以。

先打开的是蓓姐的。我事先不知道她寄了礼物给我。盒子里有一本《小鹿斑比》，书里夹着很多各种形状的树叶，还有一个正六边形的纸盒，里面是一枚松果和一只粉红色的发夹。另外还有几张漂亮的卡片，上面是她写给我的话——

松果：春天，某个傍晚散步的时候，在一个小树林里捡到的。那后来的一整个月，我天天去那片树林，想遇见一只松鼠。可是，终究没能如愿。想必它灵敏的耳朵一听到我的脚步声就躲起来了。那一定是一只比我还要胆小害羞的松鼠。笑。这样想着，我就不再去惊扰它了。

《小鹿斑比》：夏天，一个大雨的夜晚，怎么也睡不着，就爬起来找书看。这只可爱的小鹿陪伴我度过了一个失眠的夜。

树叶：秋天，散步时随手捡的落叶，回家后随手夹在书里。现在挑一些寄给妹妹。这里有的树叶，来不及变黄就飘落了。那些脉络里不知有着什么样的故事。

发夹：冬天，下班回家的路上，看见几个和妹妹差不多年纪的女孩子，在一家小店里挑选发夹，年轻的笑声和纯真的眼神真是美好！心里一动，不知妹妹会不会也有这样的时候，应该有的吧！当时，会是什么样的神情呢？

一行行整齐漂亮的文字，宛如琴弦，带着春天的律动悠然响起。让我幸福的，还不仅仅是这种诗意的浪漫，而是，我和远方的姐姐，我们彼此懂得，并且相亲相爱。

沅一叔叔寄来的是无锡惠山的泥人，七个憨态可掬的小矮人。还有一封信，说是蹲在床边给我写的，字体刚劲有力，有着十足的气概和底蕴。

写童话的米吉卡寄来了海胆、海星、海螺、猫眼、贝壳……满满堆了一桌子，整个房间都是咸咸的海的味道。它们别致的纹饰、精湛的几何图案以及美的感染力，让我迷恋不已。我将海螺放在耳边仔细地听，真的听到很多海的情话，只是，不知道是说给谁的。

李化寄来的是驴肉、狗肉、兔肉，酥糖和麻片，花花绿绿，让我本能地垂涎欲滴。再看木汐和司琪，都摆出一副"有福同享，不吃白不吃"的无赖神情。

吃得差不多了，开始计划下面的活动。我和司琪想看鬼片，木汐不干；我和木汐想 K 歌，司琪不干；她们两个想滑冰，我不干。我说，合理下吧。合理下的结果，我输了，只好不情不愿地随她们去吉利滑冰。

晚上，短信告诉部下我今天好幸福。他奇怪地问："今天是个什么日子？"是啊，今天是个什么日子？夜色如此美好，像水一样泛着最纯净的蓝，光和影交织，化了的河水升腾起微妙的幻彩。月光垂下，长长的，像老玉米的胡须。

今天，是个幸福的日子。

……

2007 年 3 月 1 日　星期四

早上开始下雨，空气清新，但天色阴郁。层层叠叠的黑暗像胶带一样，把我的每个毛孔都堵住了，情绪不停地发酵膨胀，像灌满体内的风。

没有穿雨衣。到了学校，发现不喜欢穿雨衣的大有人在。外衣已经湿透了，寒冷如冰。头发一绺绺贴在脑袋上，散着沉闷奢靡的气息。教室弥漫着大面积的潮气。揉搓得像鹌鹑蛋一样的纸巾比比皆是。

还好，我坐在靠暖气的一排。温暖慢慢苏醒过来。晨读时，我望着昏暗的天空，思绪总是不集中，飘忽，飘忽，脑子中出现这样那样的想法。我对任何突如其来的念头都很容易产生激情，我是个被激情牢牢掌控的人。

我还想到很多。想到我的金翎夏和安小果；想到还没开始的另外一个故事，宋西羽和沈明夜；我想好了"星河·笛子"的结局，想好了，但不告诉星河。可也许明天我就又忘掉了。我不知道应不应该把支离破碎的想法全都记录下来。

我真想此刻是坐在阳台上，看着雨，听着音乐，不着边际地想着我的故事。

北大学子的成长史与心灵史：《北大日记》

日记掠影

《北大日记》是一本可读性很强的充满青春气息的成长史与心灵史，它集中展现了十几年中北大新一代青年的青春风采。

本书共收录了 25 位北大学子的日记，其时间跨度在 1990 年～2008 年之间。这些日记以非常直接的方式向我们展露了北大学子的心路历程，透过这些直观的文字，成长这个空洞的字眼变得可见、可触、可嗅、可听、可感，不再蒙面遮脸拒人于千里之外了。在这本书中你可以领略到一所有着悠久历史和浓厚学术氛围的名校的学生们在文学、哲学、教育学、心理学、社会学等方面闪烁出的诸多知性的光辉，但是最触及心灵的，依然是年少时独有的光荣与梦想，以及那回荡在燕园深处的不懈求索的动人旋律。

内容精选

学生会情结

作者简介：王华，女，北京大学外国语学院 96 级日语系本科生。

1997 至 1999 年担任北大学生会女生部常务副部长、部长，《北大女生》百年特刊策划总监；1998 年 5 月，作为北大学生会代表团唯一女成员，赴澳门访问。

1997 年 8 月 16 日

我有一个发现：每每当我回首，想反思一下刚刚走过的一段日子的时候，我的心里总会回荡着席慕蓉的那句诗"走的最快的总是最美的时光"。

这个学期是我上北大以来最有意义的一个学期。我觉得经过半年的调整，我已经完全适应了大学的生活方式。在四中度过的高中生活让我接受了一个漫长而艰辛的心理历练的过程，但是我错过了太多的机会。现在我要开始真正属于我自己的生活！这里恰恰是一片"自由"的天地，到处都是机会，就看你会不会把握了。我觉得我的选择是正确的——加入学生会。

"招新"的场面是我从未见过的。各种各样的学生组织和社团在三角地摆上一长溜儿桌子，五花八门的海报让人目眩神迷，真可谓一道别样的风景。

还好，因为是系里推荐人选，在经过简单的"面试"之后，我也可以去面试别人了——我被任命为女生部的常务副部长。正式开始工作是在被任命的几个小时以后。那时候，我们部里只有两个人——部长和我。首要任务就是制作 13 张招新海报。无奈，"光杆司令"只好动用"地方优势"，请我们系里的几个宣传骨干帮忙。午饭吃完的时候，终于找齐了足够的人手，等到"大功告成"，竟已经是晚上 9 点钟了……

在通信设施和运作机制尚不完善的情况下，实现一个计划所采用的方法往往是原始而淳朴的。记得与花王公司联合派送卫生用品的那个晚上，全体部员一齐出动，把赠品从校学生会一箱一箱地搬到各女生楼，再由楼长一层一层、一屋一屋地亲手送给同学。她们惊喜的表情和那一句简单而真诚的"谢谢"是我们"成就感"最生动的表现。

7月的校园弥漫着毕业生的离愁和昌平园同伴们的归思。我永远都不会忘记男生宿舍楼外悬挂的红色条幅"北大，我爱你"，还有从那些大敞着的窗口飘出的摇滚音乐。而远在昌平的好朋友打电话说"我再也受不了了，我要赶快回去!"我们到底能够为他们做些什么呢？终于，几经周折，我们用卖T恤衫赚来的200多块钱买了几大桶红玫瑰花，送给92、93级的毕业生和昌平"新生"。天知道，那钱赚得有多么不容易！后来无意中与从昌平回来的朋友谈及此事，她大叫"我可高兴了，那天正好是我的生日!"她那甜蜜的笑脸恰与我的希望相印相契于我的心底。

其实，很多事情在你劳苦工作的时候，是无法预料到以后你会收获什么的。比如，资助北大特困女生的"姐妹基金"在创立之初，并不像人们想象的那么复杂，而它的重大意义是在我读了被资助者感人至深的答谢信之后才意识到的。

真的，这段日子我学到了很多东西。在我加入学生会以前，有人告诉我"那儿是个黑暗的地方"。可是这几个月的亲身经历说明不是这样的。我甚至觉得我产生了一种"学生会情结"。我觉得学生会是一个让有思想、有热情、有责任感的年轻人为广大同学服务、干实事的地方。来到学生会工作，不仅是为了充实生活，锻炼能力，增长见识，更重要的是：在这里，我们同甘共苦，拥有一些真正的朋友；在这里，我们感悟团结协作的力量和快乐；在这里，我们学会毫无保留地付出；在这里，我们懂得了人生历程中的又一个层面，并为我们的未来积累了宝贵的财富。所以，我把学生会的工作当作是一份要细心经营、全心投入的"事业"，一份与大家共同奋斗、共同体味的事业。苦乐也好，成败也罢，有我们一同分享！

1997 年 10 月 2 日

在学生会待久了，感触最深的就是：这里的人太可爱了！而学生会里的女孩似乎更是燕园中独特的一群。她们是普通的，有着平凡的生活和梦想；她们又是与众不同的，因为她们更加用心地体会着生活，更加脚踏实地地实现着她们的梦想。我为这些可爱的伙伴感到骄傲。她们都是"优秀"的北大女生。在我看来，"优秀"是一种"不需张扬的个性"。我打心眼儿里欣赏有个性的人。

在学生会，一提起"生活热线""IC 卡怎么办""希望工程募捐"，还有教学楼、宿舍区里写着"第 24 届学生会"字样的几十面大镜子，大家自然就会想到卢峰。

初见卢峰的人会觉得她其貌不扬，很普通。但是熟悉她的人都知道，卢峰可是个"神人"。高三复习迎考时，正值家乡原始股发行。她向朋友借来钱，学着分析股市，应时抛出，竟赚了两万多。

然而，"成功"对于卢峰来说，并非富甲一方，也非声名显赫，而是一种内心的满足。她认为没有必要为了刻意追求而舍弃很多东西。如果一个人可以顺其自然达到目标的话，说明他具有很大的潜能，对事物的控制力比较强。达则能够纵横天下，穷则能够独善其身。"无为"，随性。

也许，进入学生会以前，卢峰一直都沉浸在这样一个"自我"的单纯世界里吧。经过这段日子，我觉得她也有些变化。她在学习如何处理团体性的事务，学习体会人与人相处过程中的微妙情感。虽然她很不自信，但是我认为她在人际交往中也有着很独到的方法。

记得有一次聊天，她告诉我：曾经在大山、海边和草原生活过的她，对于山和海有着特殊的理解。山属于好胜心强但是心理尚不成熟的年轻人。山给人目标，不断攀登。但当真正登顶的时候，除觉其美丽，已无山可攀，于是痛苦。成熟的人会偏好大海。因为海深不可测，充满神秘色彩，对人的要求也更高。这种情况下若能达到目标，自然不凡。

源于本性，卢峰十分青睐《云中漫步》里那片美丽的葡萄园，安静恬谧，与世无争，随时随地都可以感受到爱，感受到美和存在的意义。"喝着麦片，嚼着饼干，然后打着游戏……"这才是她的理想国。

有时我会这样想，卢峰正是通过她简单质朴的方式显露出她性格和思想中的光芒，也才因此而更显妩媚动人。

有关军训的一些记忆

作者简介：奚万荣，男，北京大学 91 级本科生，1991 年在河南信阳陆军学院军训一年，1992 年～1994 年就读于北京大学地质学系，1994 年～1996 年转到北京大学经济学院。1996 年～1998 年在海南省建行工作，于 1998 年重新考回北京大学，攻读马列学院经济学硕士学位，2001 年毕业，分配至上海工作。

1991 年 9 月 18 日　星期三　天气晴

转眼间，进军校已经是第二周了。

我们地质系总共有男生 42 人，被分配到信阳陆军学院 30 队，我们 40 人分配到第一区队，还有 2 个人很不幸地被分配到了二区队。我们每个队有 3 个区队，而每个区队又分为 4 个班，我就在我们队的一班。我们一班共有 10 名同学，听队长说每个队的一班是这个队的标兵班，所以一班的任务通常比其他班要重。我开始意识到我们很有可能会像正式军校学员一样接受训练。

　　果不出我所料，我们的区队长今天上午出操的时候就告诉我们一班队员，要努力训练，特别是队列训练，因为我们一班通常要代表我们30队出操参加比赛。所以，区队长说今天中午给我们一班先开个小灶，练习一下队列。我的内心开始叫苦，为什么我会被分到一班呢？

　　中午，别的队员在屋里头休息，我们按照区队长的指令，开始加小灶，练习队列。我很不情愿地离开自己的房间，随着我的同学一起，来到队列操场。中午的太阳可算是真的对得起我们，如果不是戴着军帽，我想我们回屋后，可能各个都是"黑人"了。看见区队长在烈日下一脸的严肃，我不禁就想笑，可是还没等我笑出来，区队长的手指已经指向我："不许笑！"哎，原本还有一点童心，现在一下子就被呵斥回去了，只好老老实实。接着，区队长开始讲授队列要领了："我们军人，要站如松，坐如钟"，要求我们每个人在烈日下练习"立正"。别看只是一个简单的立正，被我们区队长一讲解，还真是有很多奥妙。他说："我们立正的时候，要两手紧贴双腿，中指对准裤缝，手的动作要领是拇指贴紧食指第二关节，整个手型略弯曲。同时挺胸、收腹，双肩要平，双脚成外八字，角度是90度。"这么多的动作要领，我们以前觉得不就是站立嘛，没想到还有那么多的内涵。果然不错，我们一班的同学经过这一中午的训练，一个个站立的时候都像模像样了。虽然少休息了一个中午，但是我们都觉得很有收获，不能说是"站如松"，但看上去已经不像以前的"站如熊"了。

　　下午，我们上完理论课以后，所有队员统一被带到我们队自己的农场。我扛着锄头，心里感到很高兴，有一种回归大自然的感觉。来到农场，我看见我们队的农田里已经种有茄子、西红柿、辣椒，而且都已经差不多成熟了。区队长对我们说，这就是我们自己的农场，我们的伙食有很多都是从这里收回去的。这时候我有一种自给自足的感觉，还以为区队长是让我们来收果实的，顺便还可以摘一个西红柿吃一吃，心中不禁窃喜。正在这时，区队长对我们说："大家看我们的农田田埂已经没有棱角了，我们军人的农田不是一般的农田，除了要种庄稼、蔬菜以外，还有一个就是要体现我们军人的严谨作风，所以我们的田埂也要修理得整整齐齐，和我们站队列一样，横要齐，竖也要齐。"天啊，西红柿是吃不到了，还要修理田埂，这不是搞形式主义吗。没办法，一声军令下，我们分别负责一块农田开始整饬田埂。还别说，这还真是一个细活，越是性急，就越是整不齐，还真是一个修身养性的好办法。

从农田回来，感觉今天一天很累，心想吃过晚饭后要好好休息一下，才对得起自己疲惫的身体。在饭堂前，我们的区队长对我们说："今天晚上我们全大队要去看电影，晚上 6 点半我们全队在楼下集合，每人带好自己的小凳子，着装整洁，不允许请假。"来到军校这是我们第一次去看电影，我们大家都感觉挺新鲜，所以各个精神焕发，吃饭的时候好像比以往都要快，简直可以称得上是狼吞虎咽。

晚上 6 点 30 分，我们一听大队口哨响起，就纷纷按照指示，带好凳子来到楼下集合。在我们副区队长的领队下，一路高歌，步履稳健，转眼就到了一个露天电影院。这个电影院很大，足足可以容纳 1 万人，而且是露天的，感觉也比较好，就是只能坐在自己的硬板凳上，显得有些美中不足。离电影开演还有 10 分钟，这个时候各个大队也都纷纷到场，把整个空间都给占满了，我们队旁边坐的是 29 队（女生队）。只听见这个时候，整个电影院里歌声嘹亮，每个队都在唱着军歌，当然我们队也不例外。就在这个时候，我们队突然向我们旁边的 29 队开始拉歌。我们队的拉歌王子黄兴本身嗓门就大，加上我们原先就训练好的拉歌技术，真是堪称水平一流。但是我们这次是针对的女生队，我们没有意识到要改变一下策略，还是沿用了老的拉歌词："革命歌曲大家唱，我们唱完你们唱，29 队，来一个，来一个，29 队，123，321，1234567，快！快！快！叫你唱，你就唱，扭扭捏捏不像样，活像一个大姑娘，大姑娘！（鼓掌）"我心想，人家 29 队就是大姑娘，怎么来个活像呢，这个时候我们大家也都觉得可笑，情不自禁地也就都笑出来了，就连平时很少笑的区队长这个时候也露出了可爱的笑容，但是他很快就收住了，恢复以往的一脸严肃。为了维护军容，我们也只好收敛自己，将笑声埋没在自己的肚子里了。

风雨兼程：《考研日记》

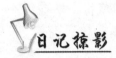
日记掠影

考研大军势如猛虎的今天，研究生入学考试已经成为大学生、在职人员都绕不开的一个话题。然而考研真正的意义何在，考研路上那些艰辛和乐趣有谁知晓？尽管各大论坛上，讲述成功者过往经验的帖子络绎不绝，但真正从头至尾详细记录考研者心声情感的文本却鲜有出现，直到出现了《考研日记》。

从日记开始的 2001 年 1 月到收到录取通知书后的复习心经总结，作者小楼将经历的 300 多个日夜，用五句诗展开："考研理想如花开，绿树浓荫夏日长，长风万里送秋雁，此日六军同驻马，闻到春还未相识"。时光流转间，便带着我们进入到他的考研岁月。征途中人的内心惶惑与对未知的惴惴不安，也许是未经历者无法想象的。与读者看到书名后的第一印象不同的是：这不是一本单纯的考研指南，也不是抒情随笔，而是处在十字路口上的人倾心的吐露，作者用亲身经历告诉我们，青春应该为理想一搏。只要信仰还在心中，就会发现年轻并未远去。正如作者自己在本书前言中所说的"曾经的幸福欢乐与痛彻心扉的挣扎有了观众，而我内心告诉自己：这不该是一本胜利者痛说家史的书，尽管那些日子有刻骨铭心的伤痕无数；这也不是一本告诉你考研技巧的功利书，尽管我尽可能将成功经验融汇其中以期对你有真实的帮助；这只是重现我昔日考研生活现场的私人日记，你一定能从中找到此刻或将来必会承受的纠结甚或绝望，也许我并无治疗你所有伤痛的灵药，却相信你会在这里找到情感慰藉，你才是自己的医生。……若你能从这些泪与笑为底色的文字中感受到向前推你一把的力量，亦是本书最大的价值——生命中很多遭遇，往往因为再走一小步进而柳暗花明。"

 内容精选

拨开迷雾，决定考研

1月18日

心绪阴晴不定。

在是否考研之间徘徊不定，没有人为你做这个决定。

在我所经历的求学生涯中，我是如此平凡。因此，我对自己考研能否成功没有任何把握。小学和中学，我和许多孩子一样普普通通，并无多少传奇的故事可讲。我的大学亦是如此，计算机专业看上去很时髦，而我并未倾注太多痴迷在里面，迷恋我更多的是网络。大学生活在经历了最初的虚度、中期狂欢与末期的虚无之后，面临毕业的我开始陷入到一种对未来无可名状的迷惘之中。

考研要准备的第一件事就是选择专业的问题，关于我报考北大中文系的动机，很多人常常问起。"动机"一词虽然令人感觉目的不纯，而事实上我的考研决定也的确是多方原因合力的结果。

首先是我对中文专业以及北大这座园子的钟爱，这是最根本的一个前提，也是我考研成功的最基本的精神支柱。我对中文的喜爱远大于计算机，尽管后者更适合这个信息时代。我希望自己在中文方面也有科班出身的系统训练，而不只是写写随笔散文而已。

其次，我认为自己并未在大学阶段掌握可以在未来叱咤风云的武林秘籍，一旦进入江湖，我担心自己会因这种不自信而在各种挑战面前落荒而逃。我可以用学历来证明自己的能力，尽管在日后的工作历程中我知道能力会比学历更重要，但在毕业前夕我对高学历的迷信远大于能力本身。

最后，在邂逅爱情之后，作为一种责任，我必须打造支撑幸福生活的平台，考研是一条很好的奋斗起点。在这些"冠冕堂皇"的考研动机之外，在我的潜意识中或许还存在一种远离社会激烈竞争的逃避感，我仍然不想脱离象牙塔的庇护。

而我考研所面临的问题也很多，比如日益增长的年龄、考研失败的可能、并非中文科班出身的知识积累等等。虽然已有考研意向，但考还是不考仍然是一个问题，但当我写下这篇日记的时候，这种模糊的意向已经膨胀为付诸行动的雄心壮志，没有什么可以阻挡。

我，终于决定考研了。

技巧感悟：

1. 考研动机要想清楚，是为了学历，还是为了学术深造，抑或为了将来就业。不同的选择将决定你未来的路该怎么走，一旦确定了方向就很难走回头路——时间成本是最宝贵的，人生旅程尽管漫长却很难从半路再回到起点重新选择。

2. 给自己准备一条后路是必要的，这会让你不会因孤注一掷的赌徒心理而压力过大。

恋上北大中文系

1月20日

寻呼机的振动将我从午睡的梦中唤醒，有朋友询问我是否已经决定所要报考的院校和专业。我似乎并没有认真分析过这个问题，就像我在1997年怀着对明天一无所知的懵懂来到北京一样。

我为什么会决定考北大和中文专业？的确，我并没有给自己列出更多的、能够说服自己如此抉择的理由来，一切都好像水到渠成般顺其自然。而事实上，从来到这座在我的梦中出现了无数次的园子，从此便义无反顾地爱上了她。我不知道自己是被她百年积淀的厚重所吸引，还是因为那美丽的未名湖和博雅塔，北大是让人一见钟情的。

我也曾想过是否报考其他院校或其他专业，比如北师大，比如国际关系专业。这些庞杂的念头几乎是一闪而过地被我忽略过去：在北大我所认识的老师和朋友，让我有一种随时可以得到援助的亲近感，而在潜意识中我也希望自己在北大读书的背景对于考研是有帮助的，更为重要的是早已熟悉了这里一草一木的我是如此不忍离开。在北大的朋友跟我说，北大是公平的，她不会因为你的报考身份而对你另眼相看，这更加坚定了我报考北大的决心。

在报考专业的问题上，我也几乎是毫不犹豫地选择了中文系的现当代文学专业。从小学到中学，老师经常在作文课上朗读我的作文，是我最为自豪的事情。作文比赛、书法比赛的获奖，随笔文章的发表，让我在文字中感受到无比的快乐和自信。于是，我选择了与汉字最为亲近的中文。

考研是功利的，更是需要兴趣的。如果所要报考的专业自己并不喜欢，不仅未来的日子要在煎熬中度过，学习效果也是不可能好的。现当代文学专业所探究的是一段距离并不遥远的历史，我喜欢近距离地观察时代万象，而不愿意进入久远岁月的故纸堆中探寻历史究竟。

考研的日子，也一定是一段和文字亲密接触的、快乐的日子……

技巧感悟：

1. 无论考什么专业，兴趣都是第一位的，否则整个备考过程将非常痛苦；而没有兴趣的备考也会效率不高、事倍功半，考研成功的概率大大降低。

2. 我报考的是现当代文学专业，因为这段文学史是我最熟悉和喜欢的。即便不是为了考试，整个备考读书的经历也是一段风景优美的知识旅程。

上路：未知的旅程开始了

1 月 28 日

去年春天，图书馆门前的桃树们争先恐后地绽放着粉红的青春，丰满的花朵在春风中有喷薄欲出的动感。带女友骑车经过这里，我们总会不约而同地高歌郑钧的"我要怒放、怒放、怒放……"那个时候，行将结束大学生活的我尚且不知道自己的理想在哪里，应当如何"怒放"。一切没有方向，一如既往地懵懂和快乐，偶尔在情感的波澜中有小小忧伤。

小时候，总会有这样的作文题目："你的理想是什么"——"科学家""工程师""解放军"等名词脱口而出，几乎成为生于 20 世纪 70 年代的人的"标准答案"。重复数遍之后，这些缥缈的理想给我带来了自信和憧憬。关于明天，关于未来，我满怀希望……

小学、中学、大学，我长大成人。年轮的增长以岁月的流逝为代价，青春的徘徊因理想的缺席而茫然。发现了曾经理想的不切实际，我无法找到新的方向而迷失自己……

在正式结束大学生活之前，我陷入了迷茫和恐慌之中。我让自己在各种零散的工作中忙碌起来，试图来掩饰自己对于未来的不确定。自欺欺人的逃避终究无法拒绝明天的逼近，我必须为自己选择一个未来。

在经历了半年的退缩和抗争之后，我选择了考研。更确切地说，如果不是女友的支持和鼓励，我不曾想到我也会走上考研这条路。当未来不仅仅属于一个人的时候，我必须肩负起一种叫做责任的东西，无论有多么沉重。

事实上，我在 2000 年 11 月 27 日就有了考研的念想，那一天我在《中国现代文学三十年》的扉页上写下这样的文字：这是一条鲜花伴随荆棘的单行线，未知的旅程开始了……

其实，等待我的明天是什么样子，我并不清楚。但是，既然选择了，前方尽管风雨兼程……上路！

技巧感悟：

1. 一旦考研意向与方向确定，就要坚定目标、心无旁骛，最忌心神摇摆、对自己的决定时有怀疑。这种动摇会在整个备考过程中如影随形地出现，我们能做的就是在这种念头出现的时候迅速摆脱它。

2. 人的天性都是懒惰的，是需要不断激励的，因此在书本上醒目的位置写下激励自己的话是有必要的，这可以不断提醒自己不要懈怠。我曾在宿舍的墙上写下各种誓言，让自己在一种昂扬氛围中快马加鞭。

3. 最有效的激励方式之一是，设想考研成功后的喜悦与由此带来的改变，想象越真实，动力越强大。

又是一年人来到

9月1日

又是新生入学的日子。

经历了百年风雨的北大，早已失去了对于新生到来的热情，北大南门外并无"欢迎新同学"的大红条幅，如果不是熙熙攘攘的人群，一切都宛如平常任何一个日子。

门内发放燕园指南之类资料的男生女生们，无法掩饰身在北大、身为学长的骄傲，一脸自豪地指引着笼罩在幸福阳光中的父母和懵懂的孩子们。不论他们选择北大是因为孔庆东《47楼207》童话般的蛊惑，还是为了沐浴早已不再的"五四"余晖，新生活都令人充满期待。忙忙碌碌、挥汗如雨与拥挤等待，无法阻止倾家出动护送的激情，毕竟入学北大在很多地方都会带来如古人得中状元般的荣誉风光和旁人艳羡的嫉妒眼神。

已是初秋的北京，忽然又闷热了起来，一如雷雨即将到来的郁热，难道曹禺当年也是在这样一个混沌的日子，生发出写作《雷雨》的灵感与冲动？事实上，未来数年的日子的确孕育着远比《雷雨》复杂多变的可能，而北大也将在若干年后褪去学子心目中曾经灿烂无比的光环。

少男少女们面临即将发生的人生转变，似乎毫无准备，而只能一切顺其自然。奋斗、堕落抑或平庸度日，每一个人都会在经历风雨之后，面临三岔路口的抉择。生命也将根据姿态的不同，而呈现出截然不同的风景，都是人生。

入学的日子，将在记忆中清晰一段后渐渐隐去，毕竟我们还有更多有意义的事情要去体味并拥有。最初的自在个性、稚真懵懂与豪气万丈、年少轻狂，也必将在沧桑苦痛与浮华欢乐之后，为时光岁月所砥砺打磨得千篇一律。

倘若走在校园中，被某个尚存腼腆的小男生或小女生略带羞怯地询问三角地的去处或是未名湖的所在，我定然调动全部热情回答那些我们也曾问过的问题。在她/他礼貌地答谢和悠然离去之后，我也必将惆怅，为我们曾经拥有的青春和他/她们即将逝去的纯真。

为了心灵在遭遇逼人青春和邂逅昔日激情之间钟摆的苦痛，我决定，这几天不出门。

技巧感悟：

1. 想象自己考研成功后也将会成为新生的那一天，会让你对未来充满无限期待，而他们今天的欢喜你也会感受得更真切。

2. 无论校园多么不单纯，也远比社会纯净得多。在经历了职场尔虞我诈的磨砺之后，你才会知道此刻的校园生活是你应该尽情享受的。

历经沧海 方知世界：
《毕淑敏母子航海环球旅行记》

　　《毕淑敏母子航海环球旅行记》是女作家毕淑敏用自己辛辛苦苦写作所得的稿费——近 40 万元人民币，买了两张船票与其获三种硕士学位的已经参加工作 3 年的优秀的儿子芦淼从日本横滨起航，乘"和平号"航海环球旅行 114 天的旅行记，亦可称之为"航海日记"。

　　全书记录了他们航海环球数十个国家的所见、所闻、所悟，融旅游、文化、异域风情于一炉，其中有目睹世界奇观的快慰，也有面对海上风暴的恐惧，有为祖国灾区募捐的奔波，也有面对不同文化和风俗的思索……不同的年龄，不同的兴趣，所以面对相同的事物时，"仁者见仁，智者见智"，书中母子二人记录视角与思考模式的巨大差异可以说是本书最耐人寻味之处。

　　毕淑敏说，这趟旅行给她最大的冲击是世界观的变化，"以前总说世界观、世界观，其实只有观世界，才会有世界观。"在这段看似充满奇异与冒险的航海之旅中，最让人难忘的不是美景，而是人的渺小和孤独："我想说的是，即便在遥远的地方，也仍然有那么多相像的人。地球不是我们想象的那么大，人类的距离不是我们想象的那么远。世界只有这么大，海洋没有国界可以分开，天空也不能竖立起高墙，人类命运总是息息相关，我们只有爱惜地球，才能共同和谐相处。"

现在，让我们跟随着这些见证着冒险精神的文字，与毕淑敏母子一同，从横滨港起航，向西，向西，越过太平洋，印度洋，阿拉伯海，加勒比海……去饱览我们居住的这个星球吧！

 内容精选

在危地马拉军用机场

危地马拉的飞机可真是小啊。我从来没有坐过如此小而残破的飞机，好像一辆就要报废的面包车，只有十几个座位。双翼，螺旋桨，飞行高度大约在1000多米，地面上的景色始终清晰可见。如果不计较颠簸，单就高度来讲，恍惚之间似乎不是坐飞机，而是在某高层建筑的楼顶上。

我们到达军用机场的时候，并没有现成的飞机停靠在那里等着载人。周围是持枪的警卫人员，我们既不敢乱说乱动，也不敢询问飞机何时会来接我们。一切都很迟缓，放慢了速度。这条线路是从危地马拉的港口飞往热带雨林中藏匿着的玛雅人废墟遗址蒂卡尔。因为是包机，价格不菲，两天时间需要6000多人民币。我早就对玛雅文化心怀崇敬，特别选了这条线路，原来以为包机是格外的待遇，会很周详。事到临头，才发现包机就是很小的飞机，专门为这条线路而设。

站在热带黏热的空气中，周围有一种糖稀般的甜香气。飞机终于来了，远远地从天边俯冲下来，好像一只蜻蜓。我觉得距离远，故而它看起来很小，等到就要在身边降落了，发现它还是那样小，像一架

模型。小唐用手指做出按压键盘的动作，我不解，问，这是什么意思？

他回答，我在模拟操纵遥控器。我觉得这飞机是个玩具。

当这如同玩具般的飞机从我们身边轻盈滑过，一个趔趄停在军用机场停机坪上时，我真的有点恐惧了。

它的机翼高低不平，好像是早年间贫民家中用来洗衣的大铝盆。舱门打开，连个梯子也没有，有人从远处端来一架单薄的小梯子，抵住机门，向我们做了个手势，意思是你们顺着它爬上去就是了。那梯子，和我家在超市买的往书架高层摆放书籍的小梯子差不多，弱不禁风的样子。

这一趟旅行曾跨越几个大洲几个大洋，山高水险关隘重重，我很少有害怕的时光。因为完全是自找苦吃，怨不得别人，所以哪怕是打肿脸充胖子我也总是兴致勃勃。此刻看到这架飞机的简陋，想到报纸上常常登出中南美洲飞机失事的报道，我吞吞吐吐地对小唐说："我有一个请求。能否把我和芦淼分开？"

小唐说："为什么呢？"

我说："很简单啊。我们家一共有三口人。我，芦淼，还有芦淼的爸爸。"

小唐说："是的。这我知道。"

我说："你想啊，要是我和芦淼因为飞机失事而暴亡，芦淼的爸爸一得到这消息，打击就太大了，估计也活不了太长时间，这样我们一家就算家破人亡了。如果把我和芦淼分开，要死就只死一个，损失就比较小些，噩耗传来也好化悲痛为力量。"

小唐说："嗯，您讲得有道理。"

不过，这话也就是说说而已。因为日方的旅游名册早已造好，恨不能几个月前就定妥了安排的，要想改变，谈何容易！

我们上了这架小飞机。起飞没多久，我就觉得腿上一热，好像怀里抱着个小婴儿，不安分地尿到了我腿上。这当然是不可能的，我怀里抱的是书包，书包里装着护照和银行卡，还有照相机和电脑。除此之外，就是一杯水。

哎呀，问题可能就出在这杯水上。

我因为血压高，每天要吃降压药。降压药的拿手好戏，就是利尿。把你的血容量降下来，血压就釜底抽薪，没有动力了。利尿剂的麻烦就是你会没来由地口渴，所以我现在也添了毛病，无论走到哪里，都要带一杯水。我用的水杯，不是干部们爱用的那种保温杯，而是一种家庭主妇用的塑料杯子，但密封性极好，在何种情况下都不曾漏过。

现在，这种不漏的杯子，悍然背叛了我。在空中，它的盖子崩开了，水流了一书包。我忙不迭地收拾包内的电器，要知道这其中的哪一样出了毛病，都会造成巨大麻烦。正手忙脚乱地拾掇着，芦森从他的座位走过来，低声问："你有没有手帕纸？"

我说："干什么？"

这话刚一出口，我就明白了。原来他的杯子也漏了，水洒了出来，也面临着收拾残局。

说到底，不是我们的杯子质量不过硬，而是这种破旧不堪的小飞机，根本就没有密闭的压力系统，一旦飞上天空，气压无法保持恒定，水杯中的空气就膨胀起来，盖子就被顶开了。我们两个的书包都水漫金山，一路上什么景色也顾不得看，忙活着拯救那些潮湿的电器。

收拾停当，看了一眼驾驶舱，不由得笑起来。原来我们一直朝着太阳的方向飞，这样驾驶舱就首当其冲，被太阳晒得如同暖房。热带的太阳是很毒辣的，驾驶员们被晒得受不了，居然拿出一张报纸样的东西，糊在了驾驶舱的前风挡玻璃上。（恕我借用了一个汽车上的名词，我也搞不清飞机的玻璃窗应该叫什么名字。）我吓了一跳，心想这开飞机的若是看不清方向，该如何是好？我们也太没安全感了。不过又一想，开飞机主要靠的是仪表，目光的作用可能在降落时比较重要，平稳飞行的时候，就让他们闭目塞听吧。

说到这里，可能有的朋友要问了，说你是一个乘客，这驾驶舱里的情形，你又是如何知道的呢？

飞机的驾驶舱和乘客们的座位是相通的，连个小门都没有，所有的景观都一目了然。如果要想劫机，一个健步就冲到仪表盘面前了。

坐这种小飞机，有一种大家庭的感觉，好像彼此住在一个套间里。下飞机的时候，我们不停地向驾驶员表示感谢，非常真心实意。要知道，大家能平安落地，实在是谢天谢地啊。

……

海明威花园里的四座墓碑

我们在古巴的导游是位很有风度的绅士，仪表堂堂。他对海明威的著作了如指掌。一大早，开车带着我们赶到海明威的故居——掺望山庄，可惜太早了，庄园还没开门。

海明威在古巴的故居，是他一生中最喜爱的地方。这里共保存了2.2万余件海明威生前的物品，其中包括照片、影片、私人文件、猎物、钓具和体育用具、各类收藏的武器、7000多部藏书以及诺贝尔文学奖的证书等。

面对着大铁门不得而入，我们有几分惆怅。导游说："你们到周围转转吧，这里的人，都是海明威的邻居。你们碰到的老年人，如果他的岁数足够大，那么他就曾经见过海明威。要知道，海明威小说里写过的渔夫，前些年刚刚过世。你也许会碰上他的后代……半个小时后回来，这里就开门了。"

海明威和古巴的关系，可算是源远流长。

1928年海明威第一次到古巴时，住在老城区的"两个世界"饭店。这家饭店建于1923年，位于殖民时期的总督府——现在的城市博物馆后面的繁华地段。如今看起来不大起眼，想当年，估计是相当新潮时髦的。从 1932 年至 1939 年间，海明威每次到古巴都住这家饭店。饭店的老板把他当成贵客，511 房间成了他专用的房间。在这里，海明威完成了小说《丧钟为谁而鸣》的部分章节并为杂志撰写了大量文章。因为饭店的环境与设施安逸且舒适，海明威把"两个世界"饭店称为"非常适合写作的地方"。

如今这家四星级旅游饭店已经将 511 房间开辟成一个小型的海明威博物馆，里面陈设着海明威生前的用具，饭店餐厅也保留了当年海明威曾经喜欢吃的菜肴。

海明威当时的妻子玛莎不喜欢总住在饭店里，一直想找个长治久安的住所，而且，据我们的导游介绍说，玛莎嫌弃海明威的那一帮子朋友，海明威经常和他们聚会，喝得酩酊大醉。玛莎想，要是离哈瓦那远一些，海明威想和他的朋友们凑到一块儿，就不那么容易了。主意打定后，玛莎专门留心远处的租房信息。某天，她在报纸上发现了一则出租庄园的广告，于是说服海明威更换住所。海明威于 1939 年以每月 100 比索（与美元等值）的价钱租下了位于哈瓦那东南郊的维西亚庄园。一年以后他又用 1.85 万比索买下了庄园的产权。

维西亚庄园占地 4 公顷，现在叫做"掺望山庄"。我查了一些资料，也有翻译成"守望山庄"的，相比之下，我更喜欢"掺望"。面对着浩瀚诡谲的加勒比海，依海明威的性格，更多的是"掺望"而非"守望"吧。

我和芦淼在村子里走来走去。导游的话很有蛊惑力，碰到的每一个人，我们都觉得他可能是渔夫的后裔。半个小时以后，购票进入山庄。古巴的物价很贵，除了要为人购票以外，如果你要照相，还要为你的照相机买一张 3 欧元的票。

好像走进了一个大花园，生长着各种奇异的热带植物，导游说，每一株植物都是海明威种下的。我有点不相信，因为数目太多了。要都是海明威亲手所种，那么他就没法写小说了，改行成一个专职的园丁。我把这顾虑同导游说了，他表示深为赞同。他说："我所说是海明威种下的，是指那个时代就有这些植物了，而不是后来栽下的。当然也不是每一棵都是海明威手植。"

我说："那么，我们是否可以这样认为：海明威当年看到的景色，并没有我们现在这样郁郁葱葱？因为从他买下这个庄园到现在，已经将近70年了，这些植物已经很有历史了。"

导游说："应该是这样。"

在掺望庄园里，海明威饲养斗鸡、猎犬和猫，苦练拳击，与附近的孩子们组织了一支棒球队；他大抽雪茄，痛饮朗姆酒；他经常身着瓜亚维拉衫（一种加勒比地区流行的绣花衬衣，纯棉质地，很舒服的样子。我本来想买一件留作纪念，一来太贵，合人民币几百块钱。二来受重量限制，没法带）、脚踏软鞋驱车前往"小佛罗里达餐馆""街中小酒馆"，或前往柯希玛尔乘上自己的"皮拉尔"号游艇出海钓鱼……

你看了我以上所写，会觉得海明威成天像个退休老头，四处玩耍。其实，他最重要的工作是写作。就在这座庄园里，他用桌上摆着的那部"罗亚尔"牌打字机，完成了获得诺贝尔奖的《老人与海》。

海明威去世后，他在古巴的故居被妥善保护起来，海明威心爱的"皮拉尔"号游艇原来一直停泊在柯希玛尔港，改建博物馆的时候游艇被搬到这里来，供人参观。皮拉尔号游艇被油饰一新，看起来好像从来没有下过水似的。看到我和芦淼上下左右地端详着游艇，导游问："想不想坐在海明威曾经坐过的位置上？"

我们说："那当然！"

只是一旁的告示牌上，明文写着严禁进入。

导游说："只要两比索，你们就可以进去。（1比索相当于1欧元）"

于是，我们坐到了海明威举着鱼竿钓箭鱼的位置上。

在"皮拉尔"号游艇的前面，并排一溜有四块小小的白色墓碑，上面镌刻着名字。导游问："你们猜一猜，这是谁的坟墓?"

我们说不知道。

导游说："这是海明威4只爱犬的坟墓，上面写着4只爱犬的名字。"

挑战世界之巅：
《只为与你相遇：王秋杨的珠峰日记》

日记掠影

　　《只为与你相遇：王秋杨的珠峰日记》记录了著名企业家、慈善家及登山探险家王秋杨在 2007 年攀登世界第一高峰——珠穆朗玛峰其间的真实经历。

　　全书按照攀登过程分为五个章节，系统记录了作者从进藏、适应性行军、山下休整到成功登顶、下撤的全过程，历时 53 天，共计 10 万余字。在本书中王秋杨用女性所特有的细腻笔调和清新活泼的语言，将攀登珠峰的整个过程娓娓道来，把原本枯燥单调的营地生活写得轻松诙谐，平易近人；依赖于丰富的人生阅历和登山体验，作者生动而细致地为我们揭示了攀登过程中所蕴含的精神感悟和生活智慧，尤其是海拔 8 000 米以上的攀登体验，

深刻独到，引人入胜；同时，作者提供了多达数百幅精美图片，全方位展现了珠峰作为世界第一高峰所具有的无可比拟的雄伟、圣洁和美丽，以及青藏高原的深邃、宁静、安详和神奇。

　　作者在书中详细介绍了珠峰登顶的全过程以及相关的专业器械、装备，堪称登山者的完备攻略。然而珠峰对于不得不常年忙碌于工作

和生活琐事的大多数人来说，实在是"心向往之，力所难及"，但是通过本游记，"沙发旅行者"们便可以足不出户欣赏雪域风景，领略世界屋脊上的风土人情；此外，作者在登顶过程中的心路变迁以及她自己在精神上的深刻感悟对于成长中的青少年来说也是难得的精神养料。因此这部日记既可以作为登山指南来参考，视为精彩游记来欣赏，又可以当成"心灵鸡汤"来品尝，希望大家不仅能通过王秋杨的日记感受到珠峰的圣洁与美丽，更能从中汲取到勇气和力量。

 内容精选

2007 年 5 月 23 日　星期三

夜里 10 点半，8 300 米的营地，周围各帐篷的对讲机内同时放出了嘈杂的音乐声，估计是大本营和 ABC（营地）给我们的"叫醒服务"。

不敢怠慢，立刻起身。我的向导平措和次仁已经在烧水、灌壶，边穿戴边简单快速地吃东西。

一切都在乱而有序中进行着——我这些日子依然让自己很有规律，努力让自己的身体不因攻顶而做太多改变，以免造成不必要的身体和心理压力。包括每天早上不论怎样忙乱，出发前我都会让自己去上个厕所。

帐篷外有人陆续开始出发了。

次仁、平措和我，三人一组，次仁在我前面，平措在我身后。我们三人一共七瓶氧气，我背着一瓶，次仁两瓶，今天他背得少，因为他负责我的攀登、技术和安全，平措负责背氧气、拍照，因此他背了四瓶氧气。他们计划给我准备三瓶，他俩不超过两瓶，所以行走中同样是吸氧，流量可是控制得不同的。

其他物资我们全丢在 8 300 米的营地了，因为今天必须回到那里。

哦，当然还有必要的水。

不多远就赶上前面的人，被堵住了。

我们的营地往上 100 米就是罗塞尔队的最后一个营地，8 400 米，之后是横切的路线，然后就一直是手脚并用直线攀爬的路线——就是所谓的第一台阶吧。

听队长说过，以往登珠峰最后一天的路线没有现在陡，但比现在长，横切、绕道的多，因为那时的保护没有现在做得好。现在全程路绳，所以敢直接上，攀爬的就多了。反正只要不在过节点时操作失误，一般都不至于滑坠摔死自己。

岩石上挂着雪，穿着每只达 1 260 克还带着冰爪的高山靴攀爬，真的是在平地上无法想象的。

加上风镜和氧气面罩，感觉自己就是在一袭深海潜水服里，冰爪在岩石上划过发出刺耳的声音，夹杂在耳机的音乐里，再加上自己的呼吸声，却使自己更加自信。也不看路，也不想时间，就专注于自己脚下和手上的动作，紧紧地跟着次仁。

偶尔抬头向上，感觉竟是笔直的一路头灯连着天上的星星，分不出哪是头灯哪是星星。

过了 8 500 米，是很陡的山脊，再横切。其实比起直上的攀爬，平时我更怵横切。因为我从小在南方山里长大，攀爬惯了，感觉那是本能。但横切虽是平的，却是陡壁和窄道，加上路面的冰雪，反而使长到 17 岁才第一次看见雪的我找不到感觉，很害怕！

好在现在是黑夜，头灯的范围也没多远，反而让自己胆子大了起来。就在这段路上，我的头灯还忽然坏了，也许是天太冷了，电池是外置式的，不够专业。

但我们三人没有什么语言交流，却也配合得挺好，横切的窄道上，次仁往前走一段再回头看着我脚下的路，加上后面平措的头灯，我走得倒也顺利。

就这样，我们三人在这一段路上又超过了最前面两名疲惫不堪的哥伦比亚队员，终于到了一块宽一点的地方了，平措帮我从背包后面拿出了备用头灯换上，继续往前走。

迎面又是一个石壁，高低错落着好多大石头，看上去很高。我忽然不知道自己在哪儿了，好奇地问了一句次仁："这是第一台阶吗？"

那一刻我可以感觉到风镜后面次仁的神情，显然他很激动，摘下面罩大声对我说："这已经是第二台阶了！"

哇，我一下子很兴奋！因为一直在给自己积蓄着情绪和力量，而这已经是第二台阶了！

要知道，只要过了第二台阶，登顶就很有希望了。

站在石壁前，次仁和我定了定神。他说英语，大概意思是：你肯定没问题，看准我的每一个脚步和动作，我抓哪儿，你就抓哪儿，我踩哪儿，你就踩哪儿。

总之，我肯定没问题。

我用力点点头，于是我们开始往上。

我们个头差不多，我的确紧盯着他的每一步，注意力很集中，眼里只有绳子、岩石缝、他的脚、我的冰爪，几经攀爬折转，一个多余的动作都没有，我们很快就上了石壁，一抬头看见那架著名的梯子。

我非常激动，再看看身后的平措，我们三人都可以感觉到对方在心里大笑着。

这个世界上冥冥之中，有很多细节好像是经谁设计过了一样，当我的手扶上那金属梯子的一瞬间，我清楚地听到耳机里开始奏响的是《青藏高原》的旋律。

平日在平地里听到都会令我感动不已的歌曲，在这样的一个时刻突然响起，让我感到这是一种神奇的力量。西藏这块土地太厚爱我了！

很多人不明白第二台阶为什么挡住了那么多登山人的梦想，之前我也不明白，不就那么一个梯子吗？再怎么样又能费劲到哪里去呢？

这多半是因为我们能说明问题的图片资料太少的缘故，因为在那样的情况下，攀爬都必须很专注，大部分人当然没有能力拍照。

第二台阶，珠峰海拔 8 700 米

其实第二台阶主要难在两个地方：一是刚才说的那个岩石壁；二是在爬到梯子顶端时得做一个很大的横切动作，在岩壁上向右横切过去。想想看，人在光滑的岩壁上，穿着笨重的冰爪高山靴，下面是万丈深渊，这一跨要想完成得好，的确还是很考验人的体力和心理素质的。

做这个横切动作时，我依然是紧跟着次仁，让自己什么都不想，就好像处于忘我的状态中，一咬牙，一个动作就过去了。

次仁是在顶端眼看着我一次就完成上去的，要知道，在那个位置他帮不到我任何忙，我都可以感觉到他的紧张。

但我完成了！

就见他同时用力竖起两手的大拇指，那意思是我们成功了！

我耳机里的旋律仍然还是那首《青藏高原》，于是我已经知道：我高质量地完成了动作！

上过第二台阶不远，路边又有一具被雪半掩的尸体，我顾不得细看，也没有害怕之类的感觉了。这一路上，先后看到好多具尸体，刚才第二台阶下还有一具，都在离路径不远的地方。

第二台阶之后，我和次仁的速度更快了，回头没见到平措，估计还在帮助后面的人。我们就先往前走了。

这时候我们的高度已经过了 8 700 米。顺着次仁手指的方向，星星的下面隐约就是顶峰，月亮离我们不远，是半月，但极明亮。

今天的天气真好，风不太大，平措不知什么时候赶上来了，他俩帮我在这儿第一次换了氧气瓶。

攀过一阵大石，就算过了第三台阶了，眼前是个大雪坡。咬着牙耐心地走过，再向右切，到了一个有石头挡风的小平台，这会儿再看顶峰，已经是没有任何遮拦了，仿佛就近在咫尺。

这时身体可能已经很累了，但精神却抑制不住地要往上。我们三人前后看看，来路和去路上，一个头灯都没有，说明我们已经走到了最前面，而后面的人却全都没跟上。

周围一地散落着废弃的各个年代的氧气瓶，有黄的、有蓝的，有粗的、有细的，看来这是个休息的地方。但只有一块大石头，根本挡不住大风。我们尽可能放低身子，挤在一起，平措又及时拿出了吃的和水。

次仁看了看表，才 5 点多钟，无奈地说我们速度太快，太早登顶，看不到日出，拍不了照片了。他的意思是要么在这等一等。可是那么冷的地方，已接近峰顶，周围是开阔的，风越往上越大，无法躲藏，人一不动就会失温，加上我很亢奋，于是我冲他急了。

当时我们三个坐在雪地上，他背对着风，挡着我，于是我就两手拼命地捶打着他的胳膊和腿大叫着，估计他只听懂了我的单词，但后来一想，还真全部是关键词。

"No！"

"Sumit!"

"No photo!"

"I'm cold!"

"I will go home!"

他当然明白我的意思，于是我们又起身继续向上。

看上去很短的一段路，却走了那么长似的，其实是我累了，尤其是快到山顶的地方，怎么印象中还绕了一圈才上去。

中途有一个雪槽，我们三人趴在里面休息，他又想等太阳，我又不依不饶地执意要走。

全程中我就怀疑过他这么一次，很可笑地琢磨着他是不是不认得北坡登顶的路啊？已经是山顶了嘛，他是不是要转到他们南坡的那一面才登得上去呀？

可见对于登顶，这时候的我已是急不可耐了。

精神执著地要往上，而身体仿佛已经不存在了似的，终于，我看到经幡了！

经幡忽然就出现在眼前，那是顶峰再重要不过的证明。还有散落周围的不会被风吹跑的氧气瓶，告诉我这里已经是顶峰！

我原以为自己会哭的，却没想到在离顶峰还有最后十几步时，我开始在心里痛快地大笑。

我知道次仁肯定也在笑，平措肯定也在笑。这个时候刚过了 6 点，我们就那么慢慢地、慢慢地走完了那最后的十几步，小心地站在了那个位置——很小的顶峰上。

次仁给我扣上安全锁，示意我把自己保护好。是啊，大风中，不能让自己有任何闪失。

这时听到平措在我身后，用对讲机向大本营报告，他用激动的声音在说我到了，说我是第一个到的。

我们朝来路望去，整条线路上，仍然一个头灯都还没有，南坡方向也没有。平措也靠了过来，我们三个人围在一起，互相拉着对方。

这真是一种无比欣慰的感动，平措对着东方合起双手，开始诵经，是藏语，大声的、长长的，我再一次被感动，尽管不知他说了些什么。

次仁告诉我，平措说的是感谢女神，并且希望明年再来。他说他也有同样的想法，并感谢我。

那一刻，每个人的心里，除了想说谢谢，还是谢谢！

登顶珠峰

一本写给天下儿女的日记：
《孝心不能等待》

 **日记掠影**

　　《孝心不能等待》记录了作者的母亲去世前 25 天，作者守候在其身旁的点点滴滴，以及母亲故后，作者对母亲的追忆。作者用泪水与真情写成日记，又还原为读者的真情与泪水。这真情与泪水的源泉，就是天下儿女心灵深处那片纯真的净土，人间永世不竭的孝心！

　　本书中的几十篇日记是作者在三种心境下
完成的：第一部分守护篇，是作者在守护母亲
的 25 个不眠之夜写成的；第二部分祭奠篇，是
作者在母亲治丧期间分分秒秒地抢记下来的。
第三部分追思篇，是在对母亲的追思与祭奠中
完成的。"树欲静而风不止，子欲养而亲不待。"
这是夜阑人静时分一种锥心的痛悔，也是千千
万万作儿女或者晚辈相通的情感与遗憾。这本
日记可以说是为那些未能尽孝和未能表达遗憾
心情的天下儿女们代言，同时也在提醒年轻的

我们一定要及时行孝，切不要留下"子欲养而亲不待"的遗憾！

内容精选

伤心之旅

　　2007 年 4 月 20 日　星期五　晴

乘飞机的次数早已难以计数。从第一次的紧张到此后的淡然，但心情都是愉快的，无论出差、学习或探亲乘机，大都如此。

唯有今天的旅途心情难以平静，虽说是全程的 VIP 服务，却没有一丝"要客"的感觉和心情。

从重庆起飞，破雾穿云，九天之上的舷窗外，满目灰白色的云朵，苍苍茫茫，我的心情也如同苍茫暮色中的云海，一片茫然。

没有任何兴趣去观看机上电视里的影书，只想尽可能睡上一会儿，换来精神，为不知已经如何的妈妈守夜。

闭上双眼，母亲的音容笑貌浮现眼前……

去年此时，父母和姑姑、姑父相聚在重庆，皆享巴渝风情，谈天说地，叙旧畅怀，好不开心……

每天徜徉在春光和花海中，洋溢其间的是老人们的欢声笑语。虽然母亲摔伤未愈行走困难，但她支撑着同大家一起出行。逛南山，去大足，一路上走走停停，时而要在座椅上躺下休息……

今天想来，不免心头充满了懊悔！

睁开眼睛，舷窗外已是漆黑的夜空。此刻，母亲仿佛要孤单地进入这黑暗的世界。想到此，我的泪水不禁如同泉涌一般夺眶而出……

飞机的航向是向北飞行，而我却感到是向西飞行。我试图调整方向感的误差，却总也改变不了这种错觉。

机舱里播音说，20 分钟后将到达大连周水子国际机场。稍顷，飞机在下降中却剧烈地颠簸起来。从前遇到这种情况，或多或少还有一丝惊惧。而今天，我却出奇的镇定，居然闪过一丝念头——失事——即使那样，我也会平静去面对！因为，我可以去迎接母亲，陪她同去。

悲欢生死，本是人生的寻常事，但能平静地面对，却是需要勇气的。

母亲一生不流泪，相信她也会平静地面对生死。但生死离别就要来临的时候，怎么忍心母亲孤独地离开这个就要团聚的家庭？

泪水一次又一次顺着脸颊流淌下来，空姐大概是注意到了这个细节，反复地从我身边走过，但又不便开口询问，目光中充满了疑惑。美丽的天使，你们如何能够理解，对于你们来说这次普通的航程，却是我一生的伤心之旅。

胜于任何 ICU 的护理

2007 年 4 月 21 日　星期六　晴

这是第二个守候的夜晚。

入夜，燕文坚持留下来护理妈妈。我不想让她留下，因为妹妹一直承受着心理和身体上的双重压力。但做儿女的孝心还是让她留了下来。

今晚，母亲的体温高烧超过 38℃。燕玲担心地哭起来。护士告诉我们，用温水敷大腿根和手心可以降温。妹妹忙碌了半天，体温果然下降了。

夜里，是一刻都不能疏忽的时段。几乎每隔几分钟就要为母亲调整一下身体各个部位的姿势。稍有一点痰阻迹象，我就立即为母亲叩背侧身，将之迅速化解。

这是 ICU 的医疗设备根本无法做到的。

机械的护理是冰冷的被动程序反馈机制在作用，永远无法企及儿女们的孝心。精心的呵护，是发自心底的爱在奉献。

正是爱的力量与呼唤，使妈妈在今夜（12：20）醒来。她用昏沉的目光望着我，眼球的转动与寻找表明，她的意识有些清醒了。

凌晨三点多，母亲又一次清醒过来，她用力伸手想关掉墙上的开关。我抬起妈妈的手，让她自己去完成这样了不起的"壮举"。灯关了，妈妈的目光流露出得意的感觉。或许，妈妈在告诉我："儿子，妈妈还行！"

天亮了，又是崭新、明亮的一天。

妈妈，新的一天来临了。你该好起来了。

监视器上的数据，平稳、真实而一丝不苟地量化着爱与孝的程度。

生命的指数给人以信心和希望。

春眠何时晓

2007 年 5 月 3 日　星期四

"春眠不觉晓，处处闻啼鸟。夜来风雨声，花落知多少。"5 月初的大连，恰如江南 3 月的好风光，迎春、海棠、樱花、桃花、梨花、牡丹、郁金香……所有春天的使者齐聚在这座年轻、整洁而富有活力的城市。

滨海路、迎宾路等黄金旅游路线上，游人如织，车水马龙。工商宾馆的马路一侧依次摆满出行的车辆。举目远眺，老虎滩公园四周的马路上全是各种型号的轿车，成千上万辆，原本比较宽敞、通畅的马路顿时拥挤不堪。公园里的人们像蚁群一般密密麻麻，如此景象，让人叹息，印证了"花钱买罪受"的抱怨和感受。

眼前的景象叠现出妈妈长眠在病榻上的情景。此时的妈妈多么渴望自己是这熙熙攘攘的芸芸众生中的一员啊！一生勤俭的妈妈，把旅游视为奢侈浪费，在她的人生词典中没有"旅游"这个词组。妈妈这一生，自己从来不曾去过什么地方游玩。即使是星海公园、劳动公园和动物园这些人们经常光顾的地方，也都是陪客人才去过。记得小时候，妈妈和姑姑领着我去过那里，自我长大不需要大人带领后，妈妈便从此与那些地方绝交了。后来，直到妹妹们都成家后有了下一代，妈妈才与孙女们去过，在我记忆中，这样的情况也仅有一次。这对于已经退休在家的人来说，有点不可思议。但对妈妈来说，她觉得似乎没有什么不公。在她的人生词典里大概只有几个屈指可数的词组——"节俭""劳动""家务""子女""老人""孝敬""善良"等等。

这是她的人生词典和80年人生历程的全部。

妈妈一生去过一次北京，三次重庆，在重庆过了三个春节。来重庆这三次都是我千呼万唤，加之家人劝说才成行的。后来，妈妈说，她来重庆的动机并不是来观光，而是担心我这么大了还过着单身生活，怕我像去世的舅舅一样没人照顾，她是来做饭的。另一个原因，就是她在电视上看了不少反腐败的电视剧，担心我会误入歧途，她是来教子的。

如今，想起那些日子，恍如隔世。北京那个年代虽然有相机，但留下来的照片已寥寥无几。只有在重庆这几年，因为数码相机的普及，我的电脑中才存储了近千张妈妈在重庆的各种生活的留影。有些照片还是生平第一次拿起相机的父亲给妈妈拍的。

最宝贵的是，爸爸还有两张照片是妈妈拍的。照片上爸爸的表情，显然是在抱怨妈妈拍摄的动作太慢。从数量上推测，估计是爸爸把妈妈那点胆量和兴趣给说没了。

病榻上的妈妈在80年的人生中，唯有一点休闲的时光就这么三言两语便说尽了。

我曾问过妈妈最想去的地方是哪里，她说，她喜欢一望无际的草原和上面的羊群、奔马。但她从来没说去美国看望定居在那里的妹妹，尽管妹妹多次游说老人家。在妈妈的眼里，那里再好也不是咱的家，"金窝、银窝不如家里的草窝"。

当年出国热的时候，我大学的同学都先后去了美国，我也准备赴美留学。妈妈的一席话让我彻底放弃了赴美的念头，而是考了国内的博士。妈妈说，美国再好也不是中国，是国家出钱让你念了 10 年的大学，干吗要去美国？在中国就没有出息了吗？

妈妈在晚年是完全有条件外出旅游的。我也多次劝她走出去看看，但却从来没有带着老人外出过。时至今日，我真有"口惠而实不至"的悔恨。现在，对于外边的大好春光，妈妈已毫无意识了。闲暇的时间和美好的季节，对于一个被疾病锁在病榻上的迟暮老人来说，无异于瞎子和烛火的关系，简直没有任何意义。

沉睡中的妈妈，何时才能醒来，感受春光，观赏鲜花，徜徉海景？倘若上帝赐福于你这一天，我一定会用轮椅推着你去那些该去而没去过的地方，看草原、看羊群、看奔马，看精彩的身外世界。

醒来吧，妈妈！天又亮了，新的一天来了！

妈妈过上母亲节

2007 年 5 月 13 日　星期日　雾

今年的护士节和母亲节结伴而来，这肯定是上天的安排。原来这两个节日是不搭界的。但在今年，护士和母亲却接踵过节。

从前的护士节和母亲节像平常的日子一样从自己的生命中悄然而逝，而今年这两个节日对于我却有了非同寻常的意义。

妈妈的生命危在旦夕，何去何从？妈妈能把生命延续至 5 月 13 日——母亲节，是造化、爱心、孝心和白衣天使共同创造的奇迹。

给妈妈过一个母亲节的心愿，并不是起于今天，而是近几年。这几年，我才意识到妈妈老了，她已不是我从前心中不知苦和累，从来不厌倦干活儿的人。由此，我每年在母亲节这天都打个电话问候一下老妈妈。

大概母亲节是舶来品的原因，妈妈对这个节的感觉都不如端午和清明这些中国传统节日有感觉。所以，总是有种说者有意、听者无心的感受。妈妈就像接平常电话一样，没有显出丝毫的兴趣。我也曾让妹妹每年给妈妈过一个母亲节，但妹妹们因为忙于工作，加之妈妈一生节俭，不会外出吃饭。所以，母亲节的礼物就是一束康乃馨。

从守护妈妈的那个夜晚起，我就许下心愿，今年，不，是今生一定要亲自给妈妈过上一个母亲节。

妈妈在生死之间来回徘徊，终于走到了5月13日这一天，今年又恰是妈妈80周岁。

从清晨黎明曙色初露的时分开始，我和妹妹就开始收拾因抢救妈妈而显得凌乱的病房。

我让大家分批回家收拾一下各自不修边幅的仪表。整整齐齐、干干净净地在病房里给妈妈过一个母亲节。

一个同学送来的花篮，一束专门挑选的红色康乃馨，一盘晶莹剔透、圆润可人的大樱桃摆放在妈妈的病榻前。妈妈的母亲节从来没有像今天这样郑重其事。

母亲节，妈妈生命中56个这样的节日，却只在临终时刻得以兑现。

面对鲜花和水果，被洗漱打扮得整洁干净的母亲已一无所知。她或许根本就意识不到发生在她身边的一切，也无法领会儿女们的一片赤诚之心。

看着被精心布置的病房，小妹妹忍不住悲从中来，一边整理妈妈的头发，一边哭诉自己的心愿。

一场为母亲而过的节日就这样在泪水和倾诉中开始，我们兄妹四人把心里话都讲给母亲听，把她关切的事情都告慰她，让她放心走好。

上苍啊！为何这样安排，这样的命运，让妈妈西去在母亲节的这一天！母亲节将是我们今生永久的忌日吗？

也许是我们的倾诉让妈妈为之感动，她居然在死寂般的沉静中长长地出了一口大气。

兄妹们像听到了妈妈应答一般兴奋起来，泪水不再涌流，感奋的气氛开始在病房中荡漾。

值班的护士李文琪受到这氛围的感染，在不停地观察记录，请示当值医生采取各种方式调整着护理的方式与程序。

妈妈已经发凉的肢体末端开始慢慢地温和起来，浮肿的双手开始消肿，气胀如鼓的腹部开始变软。

监视器上的生命指征出现了让医护人员惊讶的好转，血氧含量竟然从 60 上升到 80 多，并稳定在 77 以上。

母亲节的温馨与祝福让濒临死亡界限的妈妈又一次展示了她生命中特有的坚强！

日记中父亲的点滴回忆：
《每天都在失去你》

 **日记掠影**

　　《每天都在失去你》是著名作家韩青辰直面其父亲最后八个月的生命里程的日记体纪实作品。数年前，她父亲因患癌症住院治疗，在他生命的最后几个月中，作为女儿的韩青辰尽力侍奉于父亲的病榻之前，周到照顾。期间她每天记日记，写下了关于生，关于死，关于人在病魔前的脆弱与顽强，更写下了父女间浓浓的亲情和无可挽回的生离死别。读来令人震撼，也

发人深思，从而让我们活着的人更好地珍惜生命，珍惜人与人之间美好的一切。

内容精选

依恋让我一步也离不了爸爸

2月23日 星期一

回去上班，心里记挂爸爸。

9点钟给爸爸打电话，听电话的却是妈妈。

妈妈的声音听上去很忧愁，她说爸爸不太舒服，老想吐，夜里就开始了。昨晚吃的稀饭全吐了，早饭也不想吃。

着急。

秘书科通知：马上去政治部开会，所有人都去。

一开会上午就搭进去了。我让妈妈在那里多坐会儿，给姐姐打电话，告诉她爸爸的情况。

另外一种不妙的感觉跑上来，觉得爸爸危在旦夕。我不知道爸爸的最后是哪天，我害怕我没机会了。

找处长说明情况，申请继续休假。处长非常理解，一再问我，有没有其他困难。

"什么困难也没有，只希望给我时间。"

"去吧，单位的事先放放。杂志停刊，反正也没有什么要紧的。"

11点20分到医院，爸爸在睡觉。睁开眼睛就问，"你怎么又来了，赶快回去吃饭。"

"吃饭"是爸爸每天要面临的折磨。从吃少到不想吃到不能吃，爸爸每天都在忍受饥饿的催迫和煎熬。是不是因为这个，他一直很记挂我们的吃饭问题。只要吃饭时间一到，爸爸就提醒我们。

我说我吃过了。

"哪有这么早？"

爸爸闭上眼睛，他一上午都在睡觉，我一来他竟然这么清醒。

让姐姐回去吃饭，我留下来。

爸爸口渴，我端给他准备用勺子喂。结果他用右臂把自己撑起来，抱着杯子喝。

看他喝下去那么多水，我放心了。待他躺下，趴过去用手在他脸上轻轻抚摩。从消瘦而突起的颧骨到下巴还有头发，爸爸闭着眼睛。

我说："太难过了，这次吃大苦头了。"

爸爸不说话，仿佛在享受我跟他之间的这份亲密。好一会儿，爸爸体贴地劝我，"坐下来。"

可是身子落到椅子上，我和爸爸就远了。

爸爸怕我跟他亲近，怕他的病毒会传染我。

邹在我手机上留言，"晚上我送包子给爸爸。"

我念给爸爸听，爸爸闭着眼睛笑。

记得去年冬天，爸爸出院在哥哥家。下班很晚，突然心血来潮买肉包子送过去。

哥哥家非常远，骑车到那里天黑透了。

爸爸妈妈已经在吃晚饭，他们很意外。特别是爸爸，开门一再念叨，"你怎么到现在还来？"

这个时间我该回家带汐汐。

我放下包子就走，爸爸妈妈要留我吃饭。我哄他们说汐汐在闹呢。

下楼的时候，爸爸久久不肯关门。走到一楼，我仍听到他特有的大嗓门叮嘱："慢一点儿啊！"

骑车出大院，感觉爸爸一定站在窗口望。于是故意把脊背轻轻松松地挺直，活像背着一轮太阳，穿过城市的熙熙攘攘。

有人在背后注目的滋味是多么幸福，何况是最爱自己的爸爸，用他最宽厚最绵长的目光。

趁着爸爸心情好，我故意轻描淡写地说，"处长同意我继续休假陪你呢。"

爸爸一声叹息，"哎，你这时候休什么假？"

他不是怪我休假，他是怪我把假期花在他身上。

爸爸心疼我的时间。

在爸爸眼里，我的时间都该属于写作。我的写作很重要，至少他认为比陪他这个爸爸重要！

爸爸如此看重我，让我感动又愧疚。

记得大学第一年寒假，我抱着厚厚的《安娜·卡列尼娜》坐在庭院里看，爸爸好奇地凑过来。

中文系毕业的哥哥说："等她四年读下来就不得了了。"

爸爸扬起脸，满意而骄傲地笑。

爸爸喜欢读书人，他自己最喜欢的事就是读书、学习、进取。尽管他一辈子都在做生意，但他做生意不是为钱，他是为了让我们过上读书、学习、进取，一辈子与知识为伴的生活。

爸爸是土地上的叛逆者，他向往文明。他认为人应该追求高层次的精神生活。这是他背叛土地的原因。他不喜欢蛮荒、愚昧、重复、机械、没有精神追求的人生。爸爸喜欢知识，喜欢创新，喜欢音乐，喜欢远方和朋友。爸爸更喜欢兼济天下。

很小的时候就发现，爸爸枕边总是有书，《春秋》《水浒》《红楼梦》《三国演义》。读书之外，爸爸最在意的事情是写字，他一直信奉字如其人。爸爸只有小学毕业，但他自学成才，字写得龙飞凤舞，自成一体。

大学时代，爸爸爱用狼毫给我们写信，毛笔字在他看来就是艺术。爸爸的字村里村外有名，每到年根，远远近近的人都拿了红纸来请爸爸写对联。公司年底最忙。可是再忙，碰到人家上门求字，爸爸总是欣然应允。

常常我们都睡了，夜半醒来发现堂屋的灯亮着，爸爸提着毛笔在那里念念有词地写。桌上、椅子、沙发、地板，铺天盖地都是大红的对联。人家得了爸爸的字，格外高兴，乐呵呵的像讨了彩头。

爸爸无偿服务，乐此不疲。奶奶心疼，有时候忍不住偷偷抱怨。爸爸说："写就写吧，省得人家花钱去外面买。"

求字的人多数不为省钱，有人很有钱，他们对爸爸说："你的字，花钱还买不到呢！"

爸爸退养在家后，写字更成了主业。我们家的八仙桌上总是摆着笔墨纸砚。爸爸对字有了钻研的态度，他会读各种字帖，越写越不满意了。

大三那年，他跟我说："村里老私塾王先生的字写得才叫好呢！"

爸爸说这句话的神情的确只有 18 岁。

爸爸把王先生请回家写对联。拿出好酒好烟，请过来又送回去，恭敬之至。

王先生开始写字了，爸爸冲我们三个喊："小霞儿，过来。"

小霞儿是我的乳名。

从小到大，每遇舞文弄墨，爸爸必定这么喊。

姐姐妹妹习惯了，她们对此不感兴趣，只会把我朝爸爸那里推，"去去去，爸爸喊你这个二小姐了。"

我对文字的感觉最早就来自于爸爸的确认和鼓励。

那是我读小学二年级的时候。坐火车回来的爸爸带了一份《语文报》，他指着报上一堆文字：

"来，现在我要考考你们，大霞儿先读。"

姐姐读四年级，学习好，爸爸非常器重。我和妹妹没见过报纸，都把脑袋伸过去。一篇古文，要求填写标点符号，然后读出全文。

姐姐拿着报纸，鼻尖都冒汗了，句子断来断去有问题。性急的爸爸眉头马上皱起来。

"我会，爸爸！"

看着那几行黑压压的字，我突然灵光一闪，明白了意思，一口气把句子断开了，文章也朗诵齐全。

"啊呀！"爸爸惊奇地望着我，嘿嘿笑起来。那种快乐和闪光的眼神我永远也不会忘记。爸爸摸着我的头一口气说了好多话，从那以后，他总爱拿字词考我。

爸爸喊"小霞儿，过来"的样子，满脸钟爱、肯定，还有些骄傲、炫耀。觉得他有一个女儿可以被这么喊出来，和他一起欣赏老先生的字，一起学习、领会、共享，是多么幸福和得意。

的确，爸爸和我生来就是灵魂的知己，没有人像爸爸那样相信我，没有人那么懂我。甚至在我是个大傻瓜、沮丧潦倒、自卑自怜的时候，他会大手一挥，喊："你到新街口看看，有几个是南京大学中文系毕业的？你都自卑，人家怎么办？"

整个青春期，我沉湎在自卑的深海，是爸爸一步步把我拽出来。

事实上至今我依然自卑，我有深刻的羞耻心，它们潜伏在我的骨髓里。我不懂它们从哪里来，又为什么那么顽固地守着我不放。

这些年我拼命地写，从不让时间浪费。为的就是让爸爸安心，让爸爸早点告别焦虑——你对我最信任可又最放心不下，你说我是最好的，可也是让你最费神的。

这就是爱吗？爱的本质不就是永远悬浮在信与不信之间吗？

我那么拼命无异于说，爸爸你放心吧，我懂了。

我甚至问过你，现在你对我放心了吗？你说还是不放心，你说的时候笑眯眯的。

　　我相信，爱让你对我永远放心不下。

　　晚上，邹带着包子来了。

　　爸爸催我们走。催着催着，爸爸躺在病床上幽幽地骂起我来，"你就是要从早到晚团在我这里！团在我这里有什么意思，团在我这里有什么好处？你该干你自己的事情，你这样哪有空写东西？"

　　邹知道爸爸的心意，赶快说："她写的。"

　　我轻轻说："我晚上写，我不会不写，我每天都写。"

　　爸爸闭上眼睛，命令我们赶紧回家。

　　一路上，我在邹的怀里流泪，耳畔都是爸爸的哀叹和咒骂："写东西，写东西，写东西——你要写东西！"

已故作家陆星儿生命日记：《用力呼吸》

日记掠影

《用力呼吸》，一本会令读者忍不住流泪的生命日记，记录的是踽踽独行于病痛这个特殊旅程之中的作家的心语。

在本书出版的两年前，作家陆星儿因胃癌接受肿瘤切除手术。其后她以坚强和旺盛的生命力更加执著地写作、生活，修改了一部长篇，完成了这部生命日记——《用力呼吸》。疾病让作家痛苦，也让作家冷静。一个人只有被一双大手堵住嘴巴和鼻孔的时候，他才会感觉到呼吸的重要。在这部书里，作家用细腻的笔触，描述了自己经历痛苦的心路历程。同时在病痛中，作家对生命、生活、情感等有了更深刻的体验和感受，她把这些思考都倾注于笔端，用自己一贯的多姿多彩的语言，告诉读者要好好生活，珍惜生命。

内容精选

2002 年 1 月 30 日　CA——生命的高潮⁈

就在我向上天祈祷的一刹那，仿佛一颗流星闪过，我眼前一亮，顿时惊醒：我那部长篇小说呢？赶紧翻箱倒柜地找。没有。落在原先的病房里了！我记得很清楚，下午，朋友们来看我，我把稿件压到枕头下。会不会弄丢？

干部病房和外科病房在两个楼，我下楼上楼地奔跑，一口气冲进原先那个病房。看我心急慌忙的样子，一个病人告诉我："你枕头底下的东西，护士拿走了。"我掉头去护士室，值班小护士捧出一厚叠装订成册的稿件。我像找到了走丢的儿子一样，摸着怦怦的心跳，长长地舒了口气。小护士在把稿件交给我时特别关照一声："把你的病历顺便带过去，交给那里的值班护士。"她把一份病历放在我的稿件上。抱着稿件，我定心了，散步进电梯。但在跨进电梯时，我稍稍一低头，眼光扫过放在稿件上面的病历，在病情诊断一栏上，有两个并不显眼的字母好像显然地放大、凸现："CA"。我的眼睛顿时被两颗"子弹"击中，一片漆黑。我心慌地靠住电梯，脑子里的第一个反应是：要告诉安忆和小鹰。我立刻拿出手机。安忆家占线，小鹰家电话通了，只是电梯里信号受干扰，有"刺刺"的电磁声，我提高声音说："小鹰，我看到病历了，说我是癌。"开电梯的女工斜眼看我，很平静的样子，大概，她已经听惯了这个字。我已经想不起来，小鹰是怎么回答我的。再拨安忆的电话，手机通告，储值卡里没钱了。回到干部病房，我直奔护士室，交了病历后便请求她们让我打个外线。

"我看到病历了。"

"打的是问号，只是怀疑吗。在手术之前，医生都爱把病情往严重里写。"

"你还要骗我。这次生病，你对我那么好，我心里有感觉的。"

"我一向对你很好的。"安忆委屈地叫起来，"星儿，你不要瞎想呀！"我挂了电话。安忆委屈的声音，在我心里停留了一会儿，她好像确实蒙受了天大的委屈。但愿，我真是错怪了她。我像个经不住事的孩子，一通宣泄，便心平气顺。给小鹰、安忆打了电话，那个"CA"连同问号，仿佛就此被神秘的电话线无声无息地带走了。回到那间单人病房，我倒头躺下，开始平静地琢磨这个写出来好像特别难看的字眼："癌"。

过去，无论在报上、书上、杂志上看到这个字，我都一扫而过，熟视无睹，不会停留，更不会在意。总觉得这可怕的字与我无关。而这次意外的手术，提醒我问题确实严重。那天，在小鹰家过夜，我们俩已经把那张胃镜报告逐字逐句研究过了，我的溃疡是"重度"，是"不典型增生"，不典型增生属于癌前变，毕竟还没有变成癌。这是关键。我安慰自己。进病房前，负责我手术的一位年轻的外科医学博士也明确地对我说："陆老师，没问题，你是良性的。"凡是对我有利的话，连标点符号，我都会牢牢记住。还有，安忆的话也许在理：医生一般要把病情往严重里写。我仍然不想把"癌"字与自己联系起来。

可是，说"不想"，说"平静"，只是相对而言，病历上那"CA"的字母，虽然只是初步诊断，虽然还跟着问号，但即使是初步、是疑问，毕竟与"CA"挂上钩了。"CA"是那样触目，像两块烧红的烙印刻在我心上，我知道，这深刻的灼伤再也抹不去了，从此，我将时时深受"CA"的威胁，使原以为还有很长的一段生命之路，急遽浓缩，似乎再往前一步就可能走到头了。这"一步"究竟有多远呢？

想到生命可能只剩下最后"一步"，我心里便紧接着一个闪念：衣橱里我还有不少新衣服一次都没穿过，辛辛苦苦挣的稿费，也没来得及好好花呢！我隐约记得，有一首歌这样唱道："什么是生活啊，活着的时候像疯子一样把日子蹉跎，死到临头才发现什么都没享受过。"流行歌曲，唱的就是大白话。当然，我不以为自己让光阴白白流过，也不认为我的处境严重得"死到临头"，即使真有这样的可能性，我的"一闪念"，也只是为突然的紧迫而流露出一些遗憾罢了。

"CA"的出现，确使生命这部多幕戏，被强制地压缩、删节，一下子越过高潮要提前收场。尽管，前面的五十年，似乎什么都经历了，可我一直把"生命的高潮"视为一幕还未上演的重头戏，想象中，似乎应该还有更为精彩的情节。怎么会这样匆匆谢幕?! 而病历上打着问号的"CA",对于我,是宣判还是宣战?是生命的尾声还是生命的"高潮"? 一个个疑问蜂拥而来,我一下子招架不了,脑子有点木然,眼前也是茫茫一片,在我生活的"舞台"上,所有的布景仿佛都撤退了,只留有白皑皑的帷幕,还有一张白净净的病床。

等了五十多年的精彩的"高潮",等来的难道就是两个普通的字母:"CA"吗?!

2002 年 2 月 5 日　开一刀,生个自己

开刀的日子定在 2 月 5 日。4 日傍晚,护士送来一小片安定,这是常规。

我犹豫了,我能不能不吃药也可坦然地、放心地睡个好觉?长这么大,口口声声磨难不少,而多年从事写作,在别人看来那又是费心伤神的活儿,但惭愧得很,我还真没吃过一片安眠药。也许,我这个属牛的,神经也似牛筋。也许,我的写作,确如安忆所说,"用力欠用心。作为一个普通女人,比较"坚强"、比较"正常",都应该算是优点,否则,如何肩起生活这副担子。可是,要论作家的气质,"坚强"和"正常",显然不是排第一位的东西。在我身上,这两种角色,常常是对立的,或者说,这两种角色,常常把我东拉西扯。我知道,不论哪种角色,我扮演得都很吃力,准确地说,不是"用力欠用心",还是不够聪明,力和心常常用不到点子上。不过,有一点是问心无愧的:我竭尽全力了,直到做趴下为止。

明天要去手术,又要在肚子上划开第二道伤痕。第一刀是剖腹产,但产前根本没准备挨一刀的,只是,过预产期十一天了,我仍然不见宫缩,从上海来北京帮我坐月子的母亲,坐清早的头班车从哥哥家赶到我这里,敲开门,就拖我上医院,母亲说,她做了一夜噩梦,梦到

孩子不行了。到医院一检查，果然听不清胎音了，医生当机立断："马上剖腹！"情况紧急得不容我考虑。第一刀，也是在毫无思想准备的情况下被迫接受。我记得，在被推进手术室的路上，我拉着母亲的手哭了，我有点害怕。

这一次的腹部手术，是从肚脐眼往上，一直到胸口……而这一次手术，年迈的母亲不能来医院送我进手术室，手术的前夜，是儿子睡在病房里陪我。有儿子在身边，我想，我可以不吃安眠药。二十年后的又一次手术，儿子代替母亲相依相伴了，就为完成这生生不息的生命过程，我们不辞辛苦、不知劳累，直到把自己用垮为止。这样不懂得爱惜自己，大病一场，就是代价，躲不过的。晚病不如早病。我知道，有朋友在背地里为我叹息："星儿刚过五十啊，就得这个病！"我的心情倒有点相反，正因为刚过五十，年富力强，还有相当的智力和精力来经受、经历一次生命的考验。我想，既然第一刀的剖腹是为儿子，为诞生一个新生命，那么，这第二刀的又一次剖腹，应该是为自己的，为诞生一个新的自己。

想到把明天的手术比喻成又一次剖腹产，为"生一个自己"，我的心仿佛渐渐安定了。临睡前，儿子却有点担心："妈妈，不吃安眠药你睡得着吗？"我放松口气回答："生你，开过一刀，我不怕了，这一刀，我会生出一个自己。"儿子很灵性："妈妈，你早就应该多爱自己一点。"

是啊，很多"应该"的事，我们都懂得太晚了，这使一些悲剧的发生在所难免。好在，我们终会懂得。尽管，为"懂得"一点很普通的道理，却要让生命去接受如此严峻的挑战。

天一亮，姐姐、嫂嫂和安忆夫妇等朋友赶到病房。见医生拿着一根长长的胃管走到病床前，我立刻闭上眼睛。随着小指头般粗细的管子渐渐伸入喉咙，我感觉到一汪热热的眼泪哗哗地涌出，但不是害怕。

淌尽了眼泪，我好像已经上了麻药，完全平静了，被推出病房时，儿子亲我一下，我也毫不伤感。

不一会儿，手术室的大门，便把亲人和朋友都挡在外面。我一个人静静地躺在无影灯下。手术室无声无息的，很冷很冷，我仿佛到了另外一个世界。过了一会儿，有几个护士进来了，我听到她们简短的对话："今天第一个手术什么病？""胃癌。"一个确定的回答。"CA"后面显然去掉了那个问号。

我木然，好像说的不是我。而到了这种时候，就算听到再严重的话，我还是木然。不一会儿，麻醉师走过来，俯在我耳边："你是陆星儿，昨天，你签过字了。我们马上开始。"我这时才睁开眼，看到了嵌在白口罩和白帽子中间一双特别黑的大眼睛。这会不会是我一生看到的最后的东西？时间不容我多想，一个大面罩已扣到我嘴上，片刻之间，我将昏睡过去，什么都不知道了。我只能束手把过去那个自己完全地交出去了，但我能否等到一个崭新的自己？

2002 年 2 月 11 日 病房里的年夜饭

眼看快过年了，我嘴里还插着那根卡着喉咙的胃管，那滋味，不说像上刑，但手术所有的痛苦加起来都莫过于这根胃管无穷无尽的刺激，呼吸、咽唾沫、说话，无时无刻不感到一种难言的障碍。上天对人体的创造是最完美不过的，少一样或多一点都是麻烦。我身上少了胃，却还要多根管子，这一少一多，便添了双倍的麻烦。而芮医生答应，过年前一定拔掉管子，所以，我对过年的盼望，只盼着能快点解除"枷锁"。手术后的第四天、第五天，我已被胃管折磨得心烦意乱，几乎快熬不下去了。

一直盼到大年夜，早上，芮医生一上班就来我病房，笑嘻嘻的。芮医生的笑容果然解救了我，一眨眼，我像吐出一根粗大的鱼刺，浑身舒服，再透彻地猛吸一口气，刹那间，人像飞了起来。我好像从未体会过这种腾云驾雾的"舒服"。其实，拔掉管子，只是回复一种常态，这使我有所觉悟：原来，一个人能保持常状，就是莫大的幸福。

我在半夜的昏睡中，感觉到姐姐在用温润的棉球，一遍遍地沾湿我干裂的嘴唇，我下意识地伸出舌头，贪婪地吸吮着那清清的水星，我干涩的眼眶湿了。我们姐妹聚少离多，姐姐 1964 年去新疆，我 1968 年去黑龙江，见一面就是十年八年的，但每次见到姐姐，我总要找点事情依赖一下姐姐，或让她改件衣服、或请她织双毛袜，我知道，衣服、袜子都大可不必麻烦姐姐的，我只是需要找回做妹妹的、总算有依赖的感觉。独当一面的生活，似乎顶天立地的，但内心常有虚弱、疲惫的时候，渴望能倚傍亲人，渴望做女儿、做妹妹。但父亲早逝，母亲年老多病，哥哥姐姐都远在外地，想倚傍也够不着。倒是这次狠狠地生一场大病，哥哥、嫂嫂，姐姐、姐夫都围着我转了，母亲说，她都忌妒了。我理解母亲的话。手足之情确实给了我极大的满足，躺在病床上被姐姐、嫂嫂悉心照料着，我大大地做了一回妹妹啊。这真是生病的一大收获。

开饭前，儿子先把我的病房装饰一番，把一只超级大的中国结悬挂在窗框正中，据说，这是豫园商场里最大号的中国结，然后，又把一串红灯笼，密密地套在输液的铁架上，我的床头与床架，也嘟嘟噜噜地吊满大红大绿的吉祥物，我尤其喜欢一个筛粮的簸箕和一扎金黄的玉米，五谷丰登，朴素、喜庆，带来了土地和乡村的丰收气息。儿子这一通忙上忙下的，使小病房顿时春暖花开、喜气洋洋。姐姐夸奖道："你儿子不愧是学艺术设计的，今年的年夜饭，看来，我们主要吃气氛了。"过了那么多年，说真的，在病房守岁的这个除夕，确实最有气氛，母亲、儿子、姐姐、姐夫、外甥女紧密地围在病床边有说有笑，我虽然不能吃不能喝，但我"吃"到的气氛，使我快乐无比。我知道，这样的气氛、这样的快乐，是我生命的源泉，病魔虽来势汹汹，我能抵御，我不会屈服。

没有不散的筵席。姐姐送母亲回浦东，儿子要赶去奶奶家拿压岁钱。病房里只剩下我了。我已经完全习惯了最后"只剩下我"的局面，这仿佛就是我的生活。窗外的鞭炮声已此起彼落，新的一年将临。而新的一年对我意味着什么？我有预感：新的一年，为争取一个新的生命，我的生活也会是全新的。

复旦女教师抗癌日记：《此生未完成》

日记掠影

《此生未完成》是复旦大学女教师于娟在生命的最后写下的文字。她是海归、博士，为人妻，为人母，生活本来宁静而美好，但一场大病，却将这一切毁于一旦，让她徘徊在生死线上饱受煎熬。

患病后，于娟一直在思考自己为何会得癌症。此前她从没想过这个词会和自己联系在一起。然而作为一名高级知识分子，她是理性的。痛定思痛，她觉得需要做一些事，让更多的人了解癌症，并远离它。

带着这个想法，于娟开了一个博客，名为"活着就是王道"。她坚持每天早晚更新两次博客，记录下病中的一些情况并反思过去的生活方式。反思过后，她说："健康真的很重要，名利权情，没有一样

是不辛苦的，却没有一样可以带去。在生死临界点的时候，你会发现，任何功名利禄都是浮云。如果有时间，好好陪陪你的孩子和父母，不用拼命去换什么大房子，和相爱的人在一起，蜗居也温暖。""请忽略我，但是，看看我的文字。我希望有人关注我用命换写出的文字，我希望有人能透过我的文字关注到自己的健康，我希望有人透过我的文

字关注到自己偏离生活的生活方式，我希望有人开始早睡早起，开始减少应酬，开始不再嗜烟酗酒，开始分些时间给家人。"这是于娟用生命记录的原因。于娟的文字，帮助她实现了自己的理想。短短半年内，于娟的博客就拥有了300余万访问量，每一个曾经读过她的文字的人都从她那里得到了力量。很多人通过她的文字，开始反思自己的生活方式，警醒自己，过一种更有意义、更健康的生活。

遗憾的是，在与癌症顽强抗争一年零三个月后，于娟还是永远地离开了所有关心她的人，她32岁的年轻生命戛然终止于2011年草木勃发的美好春天……于娟去世后，她的丈夫将其生前留下的五十多篇日记付梓出版，也就是今天我们所看到的《此生未完成》。

《此生未完成》再现了一个普通人未完成的一生，和一个普通人创造的生存意志和生命奇迹。在生命的最后日子里，于娟完全放下了生死，放下了名利权情，赤裸裸地去反思和写作。这些以生命为代价换来的对人生的透彻感悟在时刻提醒生者：要好好活着，好好爱护身边的每一个人。

为啥是我得癌症

病房里无论再热闹开心的场面，此言一出，气氛会在一秒钟内变得死寂凝重，一秒钟后，便有阿姨抽抽搭搭地暗自涕泪，有阿姨哭天喊地痛骂老天瞎眼，有阿姨捶着胸指着天花板信誓旦旦平素没有做过亏心事为啥有如此报应。有几个病人算几个病人，没有一个能面对这个直捅心窝子的话题。

除了我。

我从来不去想这个问题，既然病患已然在身，恶毒诅咒也好，悔过自新也好，都不可能改变我是得了癌症的事实，更不可能瞬间把我的乳腺癌像转汇外币一样转到其他地方去。无能为力而又让我备感伤怀的事情，我索性不去想。

时隔一年，几经生死，我可以坐在桌边打字，我觉得是我思考这个问题的时候了，客观、科学、不带任何感情色彩地去分析总结一下，为啥是我得癌症。做这件事对我并无任何意义，但是对周围的人可能会起到防微杜渐的作用。我在癌症里整整挣扎了一年，忍受了人间极刑般的苦痛，身心已经摧残到无可摧残，我不想看到这件事在任何一个人身上发生，但凡是人，我都要去帮他们避免，哪怕是我最为憎恨讨厌的人。

之所以去思考这个问题并且尽量想写下来是因为，无论从什么角度分析，我都不应该是患上癌症的那个人。

痛定思痛，我开始反思自己究竟哪点做得不好，所以上天给我开个如此大的玩笑，设个如此严峻的考验。

一、饮食习惯

1. 瞎吃八吃

我是个从来不会在餐桌上拒绝尝鲜的人。基于很多客观原因，比方老爹是厨子之类的优越条件，我吃过很多不该吃的东西，不完全统计，海鸥、鲸鱼、河豚、梅花鹿、羚羊、熊、麋鹿、驯鹿、麂子、锦鸡、野猪诸如此类不胜枚举。除了鲸鱼是在日本的时候在超市自己买的，其他都是顺水推舟式的被请客。然而，我却必须深刻反省，这些东西都不该吃。尤其我看了《和谐拯救危机》之后。选择吃它们，剥夺它们的生命让我觉得罪孽深重。破坏世间的和谐、暴虐地去吃生灵、伤害自然毁灭生命这类的话就不说了，最主要的是，说实话，这些所谓天物珍馐，味道确实非常一般。那个海鸥肉，高压锅 4 个小时的煮炖仍然硬的像石头，咬上去就像啃森林里的千年老藤，肉纤维好粗好干好硬，好不容易啃下去的一口塞在牙缝里搞了两天才搞出来。我们要相信我们聪明的祖先，几千年的智慧沉淀，他们筛选了悠长悠长的时候，远远长过我们寿命时间的无数倍，才最终锁定了我们现在的食材，并由此豢养。如果孔雀比鸡好吃，那么现在鸡就是孔雀，孔雀就是鸡。

2. 暴饮暴食

我是个率性随意的人，做事讲究一剑在手快意恩仇，吃东西讲究大碗喝酒大口吃肉。我的食量闻名中外，在欧洲的时候导师动不动就请我去吃饭，原因是老太太没有胃口，看我吃饭吃得风卷残云很是过瘾，有我陪餐讲笑话她就有食欲。其二，我很贪吃。在复旦读书时候导师有 6 个一起做课题的研究生，我是唯一的女生。但是聚餐的时候，5 个男生没有比我吃得多的。年轻的傻事就不说了，即便工作以后，仍然屏着腰痛（其实已经是晚期骨转移了）去参加院里组织的阳澄湖之旅，一天吃掉 7 个螃蟹。我最喜欢玩的手机游戏是贪吃蛇，虽然功夫很差。反思想想，无论你再灵巧机敏，贪吃的后果总是自食其果。玩来玩去，我竟然是那条吃到自己的贪食蛇。

3. 嗜荤如命

得病之前，每逢吃饭若是桌上无荤，我会兴趣索然，那顿饭即便吃了很多也感觉没吃饭一样。我妈认为这种饮食嗜好，或者说饮食习惯，或者说遗传，都是怪我爹。我爹三十出头的年纪就是国家特一级厨师，20 世纪 90 年代的时候，职称比现在难混，所以他在当地烹饪界有点名头。我初中时候，貌似当地三分之一的厨子是他的徒子徒孙，而认识他的人都知道我是他的掌上明珠。可想而知，我只要去饭店，就会被认识或不认识叫我"师妹"的厨子带到厨房，可着劲地塞。那时候没有健康饮食一说，而且北方小城物质匮乏，荤食稀缺。我吃的都是荤菜。其二就是，我很喜欢吃海鲜。话说十二年前第一次去光头家，他家在舟山小岛上。一进家门，我首先被满桌的海鲜吸引，连他们家人的问题都言简意赅地打发掉，急吼吼开始进入餐桌战斗，瞬间我的面前堆起来一堆螃蟹贝壳山。公公婆婆微笑着面面相觑。我的战斗力惊人超过了大家的预算，导致婆婆在厨房洗碗的时候，差公公再去小菜场采购因为怕晚饭不够料了。十几年之后每次提到我的第一次见面，婆家人都会笑得直不起腰，问我怎么不顾及大家对你第一印象。我的言论是：我当然要以本我示人，如果觉得我吃相不好就不让我当儿媳妇的公婆不要也罢，那么蹭一顿海鲜是一顿，吃到肚子里就是王道。我在这里写这些不是说吃海鲜不好，而是在反思为啥我多吃要得病：我是鲁西北的土孩子，不是海边出生海里长大的弄潮儿，一方水土养一方人，光头每日吃生虾生螃蟹没事，而我长期吃就会有这样那样的身体变化：嫁到海岛不等于我就成了渔民的体质。

……

二、睡眠习惯

这些文字不像我平时行文博客，想到哪里写到哪里，所以我写这个系列很慢很慢，因为我自认为这些文字比我的博士论文更有价值，比我发表的所有学术文章有读者。我要尽可能控制自己不要下笔千言离题万里之外，还要系统认真地前后回想分析一遍。现在这个社会上，太多年轻人莫名其妙得了癌症，或者莫名其妙过劳死，而得病的原因往往是所谓的专家或者周围人分析出来的。因为当事人得了这种病，苟活世间的时间很短，没有心思也没有能力去行长文告诫世间男女，过劳死的更不可能跳起来说明原因再躺回棺材去。我作为一个复旦的青年教师，有责任有义务去做我能做的事，让周围活着的人更好地活下去，否则，刚读了个博士学位就有癌症晚期，翘了还不是保家卫国壮烈牺牲的，这样无异于鸿毛。写这些文字，哪怕一个人受益，也会让自己觉得，还有点价值。

我平时的习惯是晚睡。其实晚睡在我这个年纪不算什么大事，也不会晚睡晚出癌症。我认识的所有人都晚睡，身体都不错，但是晚睡的确非常不好。回想十年来，自从没有了本科宿舍的熄灯管束（其实那个时候我也经常晚睡），我基本上没有 12 点之前睡过。学习、考 GT 之类现在看来毫无价值的证书、考研是堂而皇之的理由，与此同时，聊天、网聊、蹦迪、吃饭、K 歌、保龄球、吃饭、一个人发呆（号称思考）填充了没有堂而皇之理由的每个夜晚。厉害的时候通宵熬夜，平时的早睡也基本上在夜里 1 点前。后来我得了癌症，开始自学中医，看《黄帝内经》之类，就此引用一段话：

下午 5—7 点 酉时 肾经当令

晚上 7—9 点 戌时 心包经当令

9—11 点 亥时 三焦经当令

11—1 点 子时 胆经当令

凌晨 1—3 点 丑时 肝经当令

3—5 点 寅时 肺经当令

5—7 点 卯时 大肠经当令

"当令"是当值的意思。也就是说这些个时间，是这些器官起了主要的作用。从养生的观点出发，人体不能在这些时候干扰这些器官工作。休息，可以防止身体分配人体的气血给无用的劳动，那么所有的气血就可以集中精力帮助当令肝脏工作了。

……

中国医科大学附属盛京医院感染科主任窦晓光介绍，熬夜直接危害肝脏。熬夜时，人体中的血液都供给了脑部，内脏供血就会相应减少，导致肝脏缺氧，长此以往，就会对肝脏造成损害。

23时至次日3时，是肝脏活动能力最强的时段，也是肝脏最佳的排毒时期，如果肝脏功能得不到休息，会引起肝脏血流相对不足，已受损的肝细胞难以修复并加剧恶化。而肝脏是人体最大的代谢器官，肝脏受损足以损害全身。所以，"长期熬夜等于慢性自杀"的说法并不夸张。因此，医生建议人们从23时左右开始上床睡觉，次日1至3时进入深睡眠状态，好好地养足肝血。

……

希望此段文字，对需要帮助的人有所贡献。也真心希望我的朋友们，相信千里之堤毁于蚁穴这句古话。我们是现代人，不可能脱离社会发展的轨迹和现代的生活节奏以及身边的干扰，那么，在能控制的时候多控制，在能早睡的时候尽量善待下自己的身体。有些事情，电影也好、BBS也好、K歌也好，想想无非感官享受，过了那一刻，都是浮云。唯一踩在地上的，是你健康的身体。

三、突击作业

这一部分，我不知道算作作息习惯还是工作习惯。

说来不知道骄傲还是惭愧，站在脆弱的人生边缘，回首滚滚烽烟的三十岁前半生，我发觉自己居然花了二十多年读书，读书二字，其意深妙。只有本人才知道到底从中所获多少。

　　各类大考小考，各类从业考试，各类资格考试（除了高考、考研和 GT），可能我准备时间都不会长于两个星期。不要认为我是聪明的孩子，更不要以为我是在炫耀自己的聪明，我只是在真实描述自己一种曾真实存在的人生。我是自控力不强的人，是争强好胜自控力不强的人，是争强好胜决不认输自控力不强的人。即便在开学伊始我就清楚明确地知道自己应该好好读书否则可能哪门哪门考试就挂了，但是我仍然不能把自己钉死在书桌前。年轻的日子就是这点好，从来不愁日子过得慢，不知道忙什么。就好似一下子醒来，发现已经九点了要上班迟到了一样，每当我想起来好好学习的时候，差不多就离考试也就两个星期了。我此前经常的口头禅是：不到最后期限是激发不出我的学习热情的。

　　然后我开始突击作业，为的是求一个连聪明人日日努力才能期盼到的好结果好成绩。所以每当我埋头苦学的时候，我会下死本地折腾自己，从来不去考虑身体、健康之类的词，我只是把自己当牲口一样，快马加鞭马不停蹄日夜兼程废寝忘食呕心沥血苦不堪言……最高纪录一天看 21 个小时的书，看了两天半去考试。

　　这还不算，我会时不时找点事给自己，人家考个期货资格，我想考，人家考个 CFA，我想考，人家考个律考，我想考……想考是好事，但是每次想了以后就忘记了，买了书报了名，除非别人提醒，我会全然忘记自己曾有这个追求的念头，等到考试还有一两个星期，我才幡然醒悟，又吝啬那些报名费考试费书本费，于是只能硬着头皮去拼命。每次拼命每次脱层皮，光头每次看我瘦了，就说："哈哈，你又去考了什么没用的证书？"

......

　　得病后光头和我反思之前的种种错误，认为我从来做事不细水长流，而惯常的如男人一样大力抡大斧地高强度突击作业是伤害我身体免疫机能的首犯。他的比喻是：一辆平时就跌跌撞撞一直不保修的破车，一踩油门就彻天彻夜地疯跑疯开半个月。一年搞个四五次，就是钢筋铁打的汽车，被这么折腾得开，开个二十几年也报废了。

　　深切提醒像我曾经那样在最后期限之前突击作业的同志们。

......

二、日记品读——日记折射时代风云

　　◆每天勤写日记，是民国时期小学生的一项必修课。本书中收录的民国小学生日记，每一篇都可谓斐然之作，除了写作的技巧和叙述的生动，题材方面更是兴之所至，信笔写成，反映了当时的山川地貌、风土人情、作息起居、耕作买卖等真实生活，其间更有着小作者自己的人生和社会思考，充满了强烈的时代特征，是珍贵的民国史料。

　　　　　　　　　　　　　　　　　　　　——《民国小学生日记》

　　◆日记的作者是位传奇的抗战英雄，共亲历抗日空战 183 次，个人单独击落日机 3 架，与战友协同击落日机 6 架，击伤日机无计数，重伤 3 次，九死一生，最终见证了抗战的伟大胜利。1985 年，他将珍藏的抗日战争时期文物十一件，捐献给中国人民革命军事博物馆作为永久收藏。

　　　　　　　　　　　　　　　　　　　　——《抗战飞行日记》

不一样的童年：《民国小学生日记》

《民国小学生日记》是根据民国时期董坚志编的《学生模范日记》一书整理而来的，该书初版于民国三十七年，由上海万有书局印行，影响较大。原《学生模范日记》一书，并非一人一地所作，而是荟萃了当时学生日记之精华而成，不仅是当时高小学生的有益读本，也是当时中学生写作的参考。

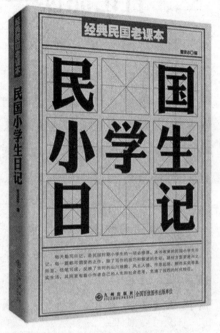

每天勤写日记，是民国时期小学生的一项必修课。本书中收录的民国小学生日记，每一篇都可谓斐然之作，除了写作的技巧和叙述的生动，题材方面更是兴之所至，信笔写成，反映了当时的山川地貌、风土人情、作息起居、耕作买卖等真实生活，其间更有着小作者自己的人生和社会思考，充满了强烈的时代特征，是珍贵的民国史料。

从文笔方面来看，民国时期的小学生日记，充满了自然、平和、单纯、简洁之美，不空洞，不矫揉造作，不鹦鹉学舌，不照本宣科，而是在平实的叙述之中流露自己的真情实感、尽展喜怒哀乐。所以说，这不仅仅是一篇篇优美的文字，更是一颗颗质朴而真诚的心灵，这样的文字不管经过多少岁月，总有打动人心的力量。

内容精选

割麦日记

4月20日

一抹鲜艳的晚霞，正挂在西方的天际。爸爸拿了一块磨刀石，坐在板凳上，沙沙沙地磨着那把半年没有用过的镰刀。他露着慈祥的面容，向我说道："桂珍！明天我们要割麦子了，今天我已经请了几个短工……"

吃罢了晚饭，休息了好一会儿，我便拿出被头，放在狭小的床上，慢慢地展开，自己便向里面一钻。春夜的风从窗隙中吹入，吹在我的头部，觉得很舒服，使我慢慢地入了甜蜜的睡乡。

4月21日

今天一早，我还在睡觉，爸爸便叫我起来，说道："桂珍！桂珍！快起来，我们割麦子去！"我随即起身，拿了镰刀，沿着田间的小道，向麦田那边走去。一路上只听得沙沙的割麦声音，在田野间散播着。

到了麦田里，他们拿出烟袋，吸了一会儿旱烟，便动手去割。每当割完一块麦田的时候，我就拿草绳把麦子捆起来，一束一束地放在地上，非常好看。那些拾麦子的姑娘和老婆婆，都跟在我们的后头，抢着来拾取掉下来的麦子。

一会儿，车来了，我们便把麦子一束一束地放在车上，拉到场里去。

4月24日

太阳刚刚爬出了地平线，射出了橙黄色的晨曦的时候，我和爸爸拿了杖和带往场里去摊麦子。到了下午，便把牛牵来，套上绳，在场上吱吱扭扭地轧起来。

到了傍晚的时候，麦子早已轧好了。挑去了麦秆，把麦子堆在一起。趁着风吹，扬的扬，扫的扫，一会儿便扫净了。我们抻着麻袋，一斗一斗地向袋里装。装好了，数一数，一共打了八袋麦子。爸爸很高兴地说："今年的收成真不少呀！"

儿童节日记

一年一度的儿童节，如今又到了。

今天早晨，我到校很早。整个学校里充满了欢欣的空气，笑语声和婉转悦耳的歌声，到处充满着。我在院子里遇见最会打趣的级友李贵森，问他说："贵森君，你今天有什么感想？"他笑眯眯地回答我说："第一，今天放假，我感觉着十分快活；第二，今天各个游戏场，儿童们可以自由观览，我感觉着十分快活；第三，今天学校开会，听得师长讲述有趣的故事，我也感觉十分快活！"

一会儿，铃声响了，同学们停止了一切的游戏，到礼堂上去举行儿童节纪念会。

礼堂上布置得焕然一新，气象很是严肃。四壁挂满了红红绿绿的标语。纪念会中，老师们、同学们，都登台演说。其中令人印象最深的，是初三级任吕宏业老师的一番话。他说："诸位小朋友，我有一个疑问，儿童是人、壮年人和老年人也是人，为什么没有壮年节、老头儿节、老太太节，而只有儿童节呢？……国家和社会上的一般人士，既然这样地注重儿童，为儿童谋幸福，这种美意，你们不要辜负了。你们知道吗？在十多年以前，你们还被埋没着，没有人注意到所谓'儿童节'。做先生的、做父母的，常常这样说：'小孩子知道什么？他们什么也干不了……'实际上，儿童比成年人还热心、还有勇气，更能诚实做事，只要看做先生的、做父母的是怎样领导。现在，你们有了儿童节可过，真是幸福极了。可是你们不要只顾到快活，事实上还应该努力！奋发！前进！例如读书要用功，生活要勤俭，人格要修养得高尚，对待别人要有礼貌等等，你们随时随地，都须注意。至于对于大众有益的事，你们更应该尽力去做，像扶助老弱、见义勇为、以及做小先生教人识字，劝人注重卫生等等，都是你们应尽的义务。你们能够热烈地做起来，便是替人群造福，那么这节日才有意义。"

纪念会里还有各种的游艺，我们看了，都很有兴趣。下半天休假，我们又结队到外边去游览。今年的儿童节，我们过得多么快活啊！

游中央公园

8月27日　星期日　天气晴

今天上午，我和杨菊明到中央公园去游玩，走进了园门，就看见了喷水池上面站着一个观音像和一个红孩儿，水从红孩儿的瓶口喷出来，样子非常好看。

天气又很热，所以各人买了一根雪条吃着，看那青草，好像毯子一般地铺在地上，红的花，黄的花，开得很茂盛，耀人眼目，更有绿色的树叶，随风吹拂着，我们看到这种景致，心里很愉快。

我们慢慢地踱着，走到大树下，就在树底下坐了一会儿，讲讲故事说说笑笑，一阵阵的花香，随着微风吹来。

枝头的小鸟，叽叽喳喳地叫着，它在那里唱着自然之歌，非常动听。

看见黄老师和两位同学也在那里玩，我和杨菊明玩了一会儿，就离开了公园，各自回家了。

休假日记

8月27日　星期三　天气晴

今天是孔子诞辰，校里循例休假一天。我起床后，把级任老师指定的几门假期作业做完了，就吃早饭。饭后到学校里去参加祭孔典礼，到校只有八点半钟。

祭孔典礼是九点钟举行的。老师们演说关于孔子的历史，很是详明，说他是我国的大政治家、大教育家、大哲学家，又是大外交家，所以后世尊重他是"大成至圣先师"。老师还告诉我们他出世的日子，在周灵王二十一年十一月庚子，是夏历八月二十七日；后来国府规定国历八月二十七日为"孔子诞辰"，每年的这一日，国府派专员到孔子的故乡——曲阜去拜祭，全国学校机关休假一日，表示纪念。

祭孔典礼历时很久，礼成散会已经是十一点钟了。

午饭后，爸爸带我去看电影，片名也是《孔夫子》，内容是表演孔子周游列国的经过。我平时不大看电影，所以演员的姓名不很熟悉，又因为对白大部是文绉绉的——听爸爸说，这些对白，很多便是论语上的句子，所以剧情也不甚了了，看完电影就回家。

晚饭后，爸爸问我看过《孔夫子》后的感想，我说因为不大看得懂，所以说不出感想。爸爸点点头，说："这是难怪的！"九时睡觉。

开学的盛况

9月1日

遥长的暑假期，在倏忽间，已经消逝了！光阴确实过得真快，从蝉声中送来了美丽的消息，今天是开学日子了，多么的快乐呀。

我走进庄严而灿烂的礼堂。在气象一新中，瞧见许多面露笑容的旧同学，和一般不相识活泼的新生，谈晤混杂其间，引起了我无限的欢欣。

我在同学们接谈中，到处走了一周。只见许多布置，比上学期美丽得多，却不见许多同学到来，这可以想见，有的毕业后升学，或谋事业，有的因为家贫而辍学，其中情形，类都如此！我又走到教室旁的一条走廊——博爱之路，正要和一个同学说几句话的时候，就听得当当的钟声，知是举行开学礼了。

美丽的月色

9月9日　星期六　天气晴

我想起爸爸有时吟哦着一句"月上柳梢头"的诗句。今晚上的月亮，在我看来正好像那诗句形容的一般美丽。

我推开东窗，斜望着挂在槐树尖梢上滚圆的月亮，射着明亮而含着冰凉的光芒，深蓝的天空间散缀着几块棉絮似洁白的云块，随着风向游移过去，把那月儿衬托得更玲珑皎洁了。

　　正在这时候，母亲在背后轻轻地唤我去睡觉了，然而我还是对着这美丽的月光，依恋不舍哩！

飞翔的青春：《抗战飞行日记》

《抗战飞行日记》是国内仅存的一本抗日空战日记，真实记录了抗日时期中国空军第四大队飞行员龚业悌（1914－1996年）在1937年和1938年每一天的空战、飞行、生活、休闲、养伤等事迹，详细记录了抗战初期中国空军纵横神州、转战南北，英勇打击日寇的壮烈历史，首次披露了作者亲历"8·14"上海大空战、"2·18"武汉大空战、"9·18"南京保卫战等的重要史实细节，被誉为中国空军壮烈抗战史的活化石。

日记的作者是位传奇的抗战英雄，共亲历抗日空战183次，个人单独击落日机3架，与战友协同击落日机6架，击伤日机无计数，重伤3次，九死一生，最终见证了抗战的伟大胜利。1985年，他将珍藏的抗日战争时期文物十一件，捐献给中国人民革命军事博物馆作为永久收藏。

龚业悌在抗日作战中，谨遵其父旨训：每日认真工整地写一页日记。日记坚持写了三年半，一天也未间断。几经离乱，后只剩下在校学习飞行阶段日记一本11万字；在训练和作战中写的日记保留下1937年和1938年写的两本，合计20多万字。1937年的原本现由中国人民军事博物馆收藏。因为日记本是当年从书店买来的精装日记本，每本365页，每天限制只能写一页。按日笔录所做、所见、所闻、所想。这里的《飞行日记》即是保留下来的1937年和1938年的日记。日记的70%写的是飞行活动，包括警戒、练习飞行和空战；30%写的是飞行人员（日记主人及其队友）的生活，包括食宿、战友往来和聚会、读书报、体育娱乐、写信等等。

作者爱好文学，经常购买和阅读文学书籍，特别爱读散文。因此，日记颇有散文笔法，清新可读。日记除写空军生活外，也写经历之处的风土民情，如洛阳的古都风貌，大西北的沙漠地貌，少数民族风情等，使人读来兴趣盎然。

下面就让这本原汁原味的空军日记带我们了解一下那段英勇壮烈、可歌可泣的中国空军抗战史吧。

 **内容精选**

1937 年 1 月 8 日 星期五 天气晴

飞行，实一危险事，然亦最重要最安全，只以人之小心与不小心，即可以左右。历来飞行失事之纪录，其属于人事之过失者，占百分之八九十以上，可知只须注意，安全性即可增加，且对器材之保管，亦可有裨益。

飞行在较冷之北方，发动机常因油门使用过剧而发生不良之爆发声，尤以起机时为最。早班警戒时，王文华即以爆发不良，起机离地后又落下来，为躲避一飞机，向右急旋，便立即竖起来，右下翼坏，螺旋桨弯了一叶。这虽然是突然的变故，但，如果小心一点应付，这种损失并非不可避免，这是前车，可以为鉴。

编队飞行半小时，很吃力，下次应注意的是放轮时稍慢一点，起机前须试一会儿快车。

1937 年 1 月 9 日　星期六　天气晴

练习编队飞行 26 分钟，飞机左偏特别厉害，转弯及俯冲极感困难，回来，手臂酸痛。

阅通报，悉航委会将于最近举行官佐考试，飞驱逐者系考党义、外文、兵器学、战术学（陆军及战术学）、飞机学、空军战术（原则及应用）、空中射击、航空学、空中驱逐学；术科则为特技飞行、空中驱逐、长途飞行、空中射击（空中活动靶及地面固定靶）。

1937 年 1 月 10 日　星期日　天气晴

今日星期日照例不飞。

清晨，闻今日分校学生将与豫皖绥靖署赛篮球，地点在和平村的和平小学篮球场。开赛时，参观的人极多，学校以军航两分校为最多。豫皖绥靖队实力不弱，曾为河南省代表队参加全运，学生队球艺亦极佳，故战来颇为精彩。刚一交锋，豫皖即首开纪录，此后即遥遥领先，分校虽屡施巧计反攻，急起直追，但终以罚球多未中，致负一分，殊为可惜。

同学齐集分校者，迄今日虽因各队都多调回原防，然在此仍有二十一人，本来在年节便应举行一次集会聚餐，只因当时去留未定，故迟未举行。晚，我们便决计在西宫义合园相聚。一堂聚集，话旧情深，耳热酒酣，乐而忘形矣。

1937 年 1 月 11 日　星期一　天气晴

天稍曙，即起任警戒，到场后即起飞，练习各种队形变换，飞机左偏甚少，舒服多了。

昨日下午，二十三队信寿巽同学练习成队飞行，在落地后，因滚行失慎，飞机左旋，改正又来不及，故竖起来，右下翼坏，机轮破损。本来此种飞机若操纵不好，在地面即惯于出现这种毛病，但，如果应付得好，是绝对可以避免的。

1937 年 1 月 12 日　星期二　天气大风

连日天放晴，大风起后，灰尘蒙蔽天日。

在机场飞行，王文华又因成队落地，飞机右旋，而损坏飞机右下翼并右轮，右旋飞机几将竖起，幸而电门关后，机尾慢慢下来，归途中，2206 号机误测距离，机轮独触道旁电线，几乎失火，幸发现尚早，未肇巨祸。

连日出事屡屡，队长对我们特别训话，略谓航委会曾屡令见习官少飞，其意在怕损坏飞机，但汝等为见习期，不飞在技术上更无进步，以后须留心飞，避免可以避免之失事。

1937 年 1 月 13 日　星期三　天气晴

八时至机场，奉命和高志航大队长飞福克武夫机。大队长说："今日的目的在感觉你们各人的基本动作，将来好定飞行计划。"

做些特技下来，评我动作柔和，惟小处犹须注意，将来对射击和战斗要特别努力。我们一直谈到午餐时分。

在谈话中，我们学得了很多飞行的经验。

1937 年 3 月 16 日　星期二　天气阴

大队长已归来，明日将开始飞行，际兹训练伊始，我们不能不准备在此期间加倍努力，以谋获得良好之成绩。

谋及纯妹和涤妹信函各一封，使我兴奋不少。传谋极力想为我介绍一个在萍乡女中念书，聪明、俊秀、品学兼优的女子，并且还是他的亲戚，名黄××者，作为女朋友，我不敢答应，只好写上下面的话去拒绝他。

"我的生命是宛如飘萍，我可怜世间一切的可怜的女子，我不能使一个可怜者更陷于可怜的境地，在这一生里，我没有能力保障一个女子能得到她终生的幸福，所以我只能做到一般朋友的境地……"

1937 年 3 月 17 日　星期三　天气阴

一夜失眠，下午要飞，我只得抖擞精神，来应付这一个飞行训练生活的开始。想写信给涤妹，因无心而终止，只抄下一篇"如何求学"去指导和鼓励她用功读书。

昨天一件可怕的消息传来，便是汤威廉同学飞低空长途，自上午八时出发，下午四时还未回来。幸而好在晚上知道他已迫降，微伤。

对地面靶射击，练习瞄准，靶是平铺在地上的五公尺见方，从一千到一千五百尺的高度向下俯冲，这种动作较诸在校时难多了，明天开始射击，不能不加意。

1937 年 3 月 18 日 星期四 天气雨

刚训练开始，便值雨期，午间又淅沥不止，预定今天开始实弹射击（对地面靶）只得终止。

下午开始上课，这是第一次，乘汽车到教导总队，我们是与攻击队合班，人数极多。这一课是讲战争与力，教官解释力的定义谓战争未开始前之准备谓之力，力可分为四部分：

1. 交通；2. 经济；3. 兵器；4. 国民能力。

张效贤、王志恺都已归来，我将渠等所托照料之行李交还，狗亦得其主人，心殊爽快。

夜，又大雨滂沱。

……

1937 年 3 月 20 日　　星期六　　天气阴

晨，到我们的靶场里去参观，那里尽是山阜，土丘起伏，人烟极少，陆军靶场即在其后，极其荒凉。满地都是弹痕，这是一、二队在此所遗留下来的，在稍平的地方，有一个极大的十字架，那便是我们练习瞄准的目标。实弹射击时，靶要另外铺置。

登高处西望，赣江一角，即映在眼底，烟水溟濛，俨然图画，如斯胜景，诚属难得。归途，又在"纪念塔"盘桓，塔建筑雄伟，旨在纪念国民革命时江西阵亡之将士，塔内有领袖撰文，后又有三处立碑，尽纪战绩，英雄侠骨，与忠义永存，回想昔日赣南，远瞻当今漠北，觉愤慨填膺，有责任匪轻，宜及时奋发之。

……

1937 年 3 月 29 日　　星期一　　天气晴

今天是黄花岗七十二烈士殉难的纪念日，都休假纪念一天。我们回溯先烈悲壮的牺牲历史，环视着我们现在的周遭，心中浮泛起一层奋发激昂的波纹并充满着前进的勇气，或许在未来创造的历史里，将记有较这更壮烈的我们的一页牺牲史，我们应该准备着。

整天没有出去，复怀芝一信。她今天又约了很多朋友去义乌游方岩，一天的倦游，在这时她一定在归途上了。她对于"人生的快乐"这个问题，不知是怎样憧憬的，她常藉这自然的魅力，来消灭去自己的忧郁，因为她一生的忧郁似乎是没有人可以告诉的。

1937 年 3 月 30 日　　星期二　　天气晴转阴

在这赣江之南的青空里翱翔，今天是第三次。作空中战斗的单机对单机的后上方攻击，我连续攻击目标机五次。在空中俯冲时，忽然座位弹了起来，攻击时对目标的瞄准，便极感困难了，可是在这局促里，我毕竟也能勉力地完成这个课目，落地时因机场泥泞感到很不舒服。

机场秩序不大好，每一架飞机都是侧风落下来的，副队长落下后一边轮子在地上滚了一段，左下翼触地，突然地便翻过去，人还无恙。

大队长在停飞后，召集我们训了许多叫我们注意的话。第二天天气不好，到机场又没有飞，回来，又约二十四队赛一会篮球。

……

1937 年 4 月 9 日　星期五　天气晴

射击两次，第一次中十七发，第二次中三十四发，从我作射击时的情况判断，我绝未料到我第一次的成绩会比第二次相差到一倍。今天转速太小，损坏螺旋桨一叶，虽然成绩较为进步，可是为此心中不无惭感。

下午三点集会，队长报告，大队将举行一次射击比赛，以平日成绩之总平均为一半，比赛时成绩为一半，并嘱我们努力，勿落人后，以后又告诉我们一些应当努力的话。

二十五队刘粹刚队长今天空中打靶命中率为 92％（46 发），以一发之差，次于高大队长纪录（47 发）。高大队长在我们射击时他也射击过一次，可是命中没有几发。萨伏亚下午因落地失速拉顶，伤五人，其中有一外籍顾问。

1937 年 4 月 10 日　星期六　天气晴

上午上"政治"及"陆空联络战术"两课，政治讲国民大会应有之任务，战术则讲团之编成及兵役之补充与现时攻势防御战术种种。

1887 年，拿破仑之征全欧及 1914 年的第一次世界大战初期，莫不皆采取攻而制胜。兴登堡曾在坦能堡以半数军力尽歼俄军尼门及那留两军之 20 万人，此即攻而战胜之一铁例，故当时皆认为攻势万能。但至于今日兵器与战术思想皆已较前进步，且战前与战后使用兵器又各不相同，故在防御方面讲亦有相当可能，故又有所谓攻势防御之战术的产生。

攻势防御多半是以利用天候、火力、地形、纵深等而作战以决胜，现今我国即采用此种战术。

沦陷时期北平市井的真实写照:《北平日记》

日记掠影

　　作家、收藏家王金昌先生于 2006 年 10 月份在北京报国寺文化市场,发现了一沓很厚的手写日记本,这沓日记编号从第 2 本到第 21 本,共有 20 本,约 150 万字,记载了作者自 1938 年 4 月 11 日到 1943 年 12 月 15 日这段时间的生活历程,其中 1939 年、1940 年、1941 年和 1942 年的日记完整无缺。事后王金昌回忆说:开始我的直觉,这是一部长篇小说或电视连续剧的好素材。但当我再反复阅读之后,我舍不得把这些真实的东西变成虚构的文学作品了,决定原汁原味先出版日记,这比一部长篇小说或电视剧对反映当时的历史更真实,意义更大。

　　庆幸的是王金昌先生从出让日记的旧书商手里获得了一个邮戳为 1982 年的信封,上面写有该日记作者董毅的地址。出版社按照信封上提供的地址找到了作者。经与作者及其家属协商,同意将日记交付出版。《北平日记》中收录的是 1939 年的日记。

　　日记作者董毅生于 1918 年,出身于一个封建仕宦家庭,家境殷实,但随着时代变化,军阀混战,社会紊乱,经济式微,民生凋敝,其家庭逐渐衰落破败,在由少年到青年时期,便历尝人间冷暖、世态炎凉。到 1937 年日本发动全面侵华战争,1938 年他上了辅仁大学国文系,作为一名学生,他饱尝日寇侵华、社会动乱给中国人带来的苦难。

　　《北平日记》的作者所处的家庭背景,从社会分层来看,属于中上层社会,虽然有极大的局限性,但他所记载的既是作者个人在日伪统治时期北平那段历史,也是北平中上层市民最生动最翔实的日常生活现实,日记中丰富的细节对于了解七十年前北平人的人生观、爱情观、价值观，尤其是旧北平时期的社会人文和北平市民每况愈下的生活状况，对日寇侵略的反抗和不屈不挠的精神，是不可多得的真实写照。

此外，作者从小读私塾，诵四书五经，后来在北京志成中学毕业，19岁（1938年）得以考入北平辅仁大学国文系，有幸亲聆著名史学家陈垣先生、古文字学家沈兼士先生、国学大师顾随先生和余嘉锡先生的教诲，可以说饱读诗书，其国学功底扎实，文学造诣颇深。因此他的日记，无论是在文学性、史料性还是社会民俗性方面都具有很高的价值。

接下来就让我们跟随这些历经风雨的文字，穿越到70年前的老北京去看一看吧。

 **内容精选**

1月11日 星期三 晴

今天课虽不多只有五小时，可是下午五点才下课，中午写日记，看会书和同学谈一会儿话，下午替老刘写一封信，晚饭后又买了些零食，练习了一会，不，胡画了一会的大字，看会书就睡了。国文系主任余老头讲目录学，对于许多人都不满意，连欧阳修也不满意，未免口气过火些，不论人家被他说的怎样不好，可是到底留传下一些小名声在后代，至今还被别人所讲他们的作品，名字也常被人提到，可是余老头他死了以后，还不是无声无息，和平常人一般，未必会像他现在所看不起的那般人那样尚留一些声名于后代吧！他还说，现在一个国文系的大学生，提起来什么古书，什么都不知道，都未看过，真是惭愧！自然，如果要像他老先生年轻时那样的读书，自然，至少我们也念了些现在人听起来不算少，看了真多的书，可是要想想，现在什么时候，而这时的大学生都是高中毕业考进来的，在高中普通科是一切均衡发展的，科学的功课，更是使得每一个学生都要在堂下花许多时间预备温习，哪里有多少时间去看古书，而且现在的环境、风气、社会潮流所趋，都与清朝大不相同，种种关系，对于血气未定的青年，自是大有影响，想找一位现在国文系的一年级大学生，看过书目答问里的每本书，或读过古文辞类等的大量书籍经史，那我绝对担保是没有一个的，一来他老先生就看不起这个，看不起那个的，本来先生如果不比学生好，还算是先生吗？而且先生除了生活以外，就是需研究一样东西，虽然是大学，每系也有不少的书籍，各科来使你读，要是努力地念，我想不久也不会比先生差多少！许多人不假思索，不先想清楚了来因去果，张开嘴就说，真是可怜又可恨！

……

3月12日 星期日 晴微风

八点半起来，林四哥又来看父亲，坐了一会就走了，我去请刘幼雪来看父病，并到明明配了一个眼镜，代价五角呢！找袁庆澐去，才起，在门口谈了一会就回来了，也未进去，又到大陆代铸兄取回两张相片，在路上遇见维勤，谈了几句，就分手了，中午和四弟五弟玩了一会乒乓球，午后看看报和书，闷坐的时候，黄小弟来玩了一会，四弟小妹和李娘到东安市场去看牙，昨日起，已无一元在家，偌大门面排场，真令外人难以置信，实际外强中干，纸老虎而已，加以多年诸人之吃用，时局影响，岂不中落？而家人先在外嚷，传闻家中尚富，夫复何言？！天自有眼！令又把一把金牙钻卖掉，换来三十九元，不一二日又是用完，不知日子如何过法，老父又病，大哥不顾，其余妇人小孩，中何用？我又无自主能力，变金妙术，又不能使老病人得知，真是两头为难也，想不到我在如此年青，即须使我为生计所迫，为吃饭而发愁，环境造成，夫又何言？他人得享青春快乐我惟有羡慕而已，别人吉祥是别人的，我自奋斗中得之，故他人总以为住校为苦，每届星期六假日回家为乐，我适相反，回家来睹父缠绵床榻之苦，衷心如割，家中奇窘，令人焦灼，不知如何是好，视弟妹之吵闹，母亲之怒骂，以及一切之琐事，令人心烦已极，头疼！在校极力使自己返老还童，尽量地发挥出我儿童天真活泼的性情，任己意之所为，纵声言谈说笑，苟安于一时，忘忧愁于片刻，但终不定持久。常常想到许多亲戚朋友同学，认得的，耳闻的，许多都到南方去了，有的告诉我南方生活之奇事与困难，一路上之苦况，而我必心中立刻羡慕他们，钦佩他们的勇敢，而自惭自己不能去南方，可是现在想起来，自己也没有什么可以惭愧！也没有什么自己以为不如他人的地方，个人有个人的环境，环境及一切允许，你自然可以无所留恋地远走高飞，但是我是不同的，家庭第一样经济是不允许我走，第二样尤其是重要的，母亲没有人照顾，弟妹们都很小，父亲既老且病，所以我为了父亲的病即便暂时也得留在家中，至少我觉得我在家中比不在家中好些，可是什么事都不能太圆满，至于别的不合适，只有顾不到了，所以我不去南方有我自己的一番道理和苦衷，或可以说是理由吧！也许在南方的一般亲戚朋友和同学会笑我懦弱，无能，胆小，没有魄力，不爱国家或是无民族意识等，但为了老父，我不忍离他而远去，沉默地忍受了一切，虽是由校回来，每次都是到家以后，家庭给我的快乐（可以说几乎是没有）没有烦恼多，但为了看看父病，我仍是每个星期回来看父亲，投入令我只有忧烦的家庭的怀抱中来，也许是我做一点面子事，别人总以为我很快乐，不论同学或亲戚朋友。在去年，中学同学以为我和斌好，可是结果我成全了松三和斌的友谊，实际是他们俩的虚名都由我来代担，又一阵子传我和舒令泓好，其实何尝又像别人说的那样！只不过一个文字上的普通友谊而已，最近有两张大姐（庆华姐）的相片由国良发见，又以为我和她是很好，而我实际是和她熟，以姐姐视她，怎能讲什么恋爱，那才是胡闹，而我每次回家，同学都以为我是会情人，真正的委屈死人，我现在何尝有爱人？虽是认识几个女孩子，都够不上什么爱人的资格，而我自己现在也不允许我自己去谈什么恋爱，也没有这个能力，也没有富裕的精神来应付女孩子，而我实际每一礼拜回家去发烦，去看我那被可咒的病魔所侵扰的最可爱的我的老父亲，所以每逢同学开玩笑地说我时，我没有什么说的，只好报之以一个苦的微笑罢了！只怕他们都不懂其中之深意吧！

为了父亲一年多的病的侵扰，最疼我的，我心中最爱的妈妈，也累得消瘦了许多，憔悴了许多！

……

4月8日 星期六 晴暖

一上午看看报，听会无线电，悠闲地过了一个上半天，午后两点钟左右，骑车到许久未去的叶于政家，祖武已经在那，本是约好的大家见面，高兴得很，谈笑了半天，不外乎关于学校的事，天气是十分的好，不忍说在屋中辜负了大好的春光，于是决定去前天才去的北海，而祖武在昨天也去了一次，连今天，连着逛了三天北海了。坐洋车去的，门票我付，人不算少，船没有空，挂号也没有划上，只索在五龙亭休息了半天，清风徐来，浓艳的春光中，觉得有些凉快。女孩子们都早已单薄薄的上了身，轻飘飘的提前过起夏日来了，腿臂已早裸露出来，令人看了怪不自在的，国姪与同学在划船，陈伯潘也和同学在五龙亭闲坐，久坐无聊，遂拟归去，买大船票穿湖而过，上船时看见王大姐和她的六个同学，一个个都花枝招展的，穿着半长流行花旗袍，露臂，且皆甚活泼，大呼小叫，令人侧目，引人注意，我与大姐举手招呼而过，看她似乎很愉快！我们下了船已是用了快半小时的时间，真够慢，步行出了园门又坐洋车到东安市场，初进北海时遇见昌明、庆成、燕埡、金铃四块蘑菇，麻子、光洁二人未露，在东安市场转了半天，于政在北辰定做了一身西服，我一时心动，几度寻思，也定做了一身，代价三十七元，此处手工才十二元，比他处便宜多了，这一耗已是近黄昏了，又在吉士林吃的晚饭，于政请客，大洋三元。……散局以后回到家已是十二点半了，上床休息心中十分纷乱，种种想头，奔集脑中，令人烦躁，翻来覆去，久久不能入眠，据祖武谈他人的是土木工程系，光宇入的是建筑系，前者范围较大，工程类如高桥、铁路、大桥等皆可以造，光宇则只可造房，且多关于美术方面，我前途如何？茫茫不可想！太无味，无何真技能！难说得很，在此时之世界中，社会中，环境中，将来的生活是不可预料的！谁也不晓得自己将准会做什么事体的！

······

8月31日 星期四 晚阴有风

我最讨厌的风，又从今天起应季节的变化、气候的需要又活跃起来了。骑车出去，逆风而行，即感十分费力。弟妹校饭尚未定妥，今日又是我去，先到灵清宫访林笠似四兄托其向十一兄志可给我找一事，能月入百余元则大佳，此亦不过万一之想而已。因昨日闻九姐夫言，志可曾将一姓欧阳者荐至天津分署，月百四十元，欧阳今年方由志成毕业并识我，我一家无恒产，生活程度如此之高，坐吃山空亦非办法。大学毕业，亦如此而已，暂时休学，能暂找一事，维持家用，俟时局平定以后再继续求学，此乃系我私自臆忖如此。昨闻九姐言心中一动，故今日决意往访四兄言此事，能否成功，则看机会运气如何。故亦未向娘以及其他任何一人言及此事，俟定归成功后再禀告可也。由林家出（四兄并允代向许修直前一试，不知可否有望），迳至志成看看，见庆璋，只谈一二语即又上课。赵先生谈刚弟功课甚差，应注意用功，弟妹等皆幼稚无知，日日皆需耳提面命，令人烦躁不堪。午后觉倦，正朦胧间，忽被送米者惊醒，半包领其送至黄家，只余斌一人在家，旋斌过来谈顷之，正翻着画报间，忽慧亦来，顷之又一同过去。斌自动与我同坐一沙发上看画报，谈笑自然，亲密无间，真差点令我神不守舍呢！昨天吃了一块糖馒首、一个糖三角，今日又给我一个糖司糕吃，晚教弟妹们读书。

见证六十年乡村历史：《农民日记》

日记掠影

本书的作者侯永禄，是陕西合阳县路井镇路一村土生土长的农民。自 6 岁进入私塾识字后，侯永禄就喜欢用文字记录点滴趣事。1940 年的腊月十三，他的父亲去世。当时他有感而发，写下了第一篇日记。也就是从那一天起，每天写一篇日记成为一种习惯，一写就写了 60 年，直到 2001 年，因身体原因无法动笔。而此时，他已"著作等身"，日记累积达 200 万字。2007 年 1 月，凝结他毕生心血的《农民日记》正式出版。

《农民日记》用魂牵农田、命系庄稼的平凡琐事，如数家珍地向我们昭示了过往近 60 年的人间烟火，用居家度日的油盐柴米，见证了抗日战争、解放战争、抗美援朝、互助组、合作社、人民公社、改革开放等不同时代背景下的"三农"问题，折射出一个家庭、一个村庄、一个民族的命运。它不仅仅是一本看似流水账式的生存日志，更是一首原汁原味的劳动之歌和生活之歌；它不单是老人留给自己子孙的精神财富，更是整个陕西农村，甚至是中国农民生活的真实记录。

《农民日记》里那些已发黄的老照片，残破的契约、账本等难得再觅的历史证物，那些秦腔秦味儿的村言土语，那些令人忍俊不禁的乡规民俗，那些家里家外、乡里乡亲的快板对联，不仅在历史学家和社会学家眼中是宝贵的原生态资料，对当代青少年而言，它也是一本难得的了解历史和社会的鲜活教材。通过这本日记，我们能够更加完整地了解共和国的发展轨迹，更为直观地了解父辈们曾经走过的坎坷历程，更加珍惜今天来之不易的幸福生活。

《农民日记》部分插图

内容精选

1982 年 7 月 19 日

上午，巷东头的饲养室门口，人来人往，吵吵嚷嚷，生产队开始评价分牲口、农具等。经大家一致同意，采用抓阄的办法：这对每个人、每一户都是公平的，分得多少好坏，就看你的运气了。我的运气不怎么样，只分到一条口袋、一个六股叉、一个木锨和一个刮板。同一天，队里又将全部耕地按人口分给了社员各户，作为责任田。我共分到四亩七分二的责任田，在靳家岭，也就是 1960 年公社组织 108 位英雄好汉进行割麦大战的地方，自留田东西宽十来米。当天下午，我和丰胜去地里看了看自家的责任田，走在回家的路上，我思绪万千：从互助组、农业社，再到公社化，走过了一条多么长的路啊！回想起我 1954 年加入农业社时，共有 27 亩地，并按地交了 207 斤种子和 631 斤饲料，另外，把家里的一头牛和一头驴也入了农业社。真是三十年河东，三十年河西啊！但不管怎么说，大包干就是好，大锅饭就是不怎么样。谁都不能否认这个事实！

1986 年 5 月 21 日

早上，胜天来电话说："领导已把我上报的'4 个人转商品粮'的申请批准了，现在就能转户口了，把您和我妈也转成了商品粮户口。"我赶紧说："莫忙，让我多想一想再决定。不过你们 3 人的户口就先转了吧，这个就不用再商量了。"

晚上，我和菊兰反复商量，总认为：咱家现有六亩土地，咱才 56 岁，距 70 岁还有 14 年哩。咱还不算老，还能做些农活，加上现在农业劳动的机械化程度一年比一年高，用人出大力的活越来越少。农业上能收多少是多少。不像从前农业社时期，逼着要你干活。再说转了商品粮户口，咱没有了土地，在城市又找不到合适的工作，没有了收入，反而增加了孩子们的负担，自己反而闲得没事干，每月还得花钱买口粮。况且城市居住地方较少，不如农村地方大，自由自在得多。

1986年7月28日

暑假到了，引玲又把电视机带回我家里，当晚就在门房里放开了。晚上演起了《济公传》，来看的人比平时更多，房里也挤不下，我干脆把电视机搬到房门口前，让大家在院子里看。电视预告要放《西游记》，而且是上午9点钟放。我怕白天光线太强，看不清楚，便在房门前用帐子和凉席搭起了大凉棚，遮暗了光线。

由于白天光线太强，村委会的大彩电也不放电视，到我家里来看电视的人就更多了，甚至路二大队的人也来看。电视机跟前的光线暗了点儿，远处的人却在太阳底下热得不行。我便将凉棚再扩大，席不够用，连新凉席也搭上了；小凳子不够坐，拉出长凳子、椅子、门槛、木板、饭桌，连石墩、砖头都用上了，宁肯自己不坐，也要让来的人有座位。

电视放映前的一两个小时，小娃们便守候在门口，为的是争占个好位置。有一次，凡定家的武军和专录家的义军竟然吵打起来了。为了让村里人看电视，全家人都得提前收工，提前吃饭。不等饭吃毕，看电视的人便来了。有时家里人在地里干活回来了，拉的车也被正在看电视的人群挡住了去路，进不来了。有的老年人听说有好电视，怕没处坐，看不清，也就提前来。全巷几乎家家有人来看我家电视，甚至有时农活忙得实在脱不开身的时候，也硬挤时间来看，连村上管电视的侯俊德也爱来看。更有腿脚不便、拄着小凳的顺士哥、见光哥都来看。年过八十的要更哥也不嫌路黑，每晚必来。那些年轻小伙、妇女、姑娘、小学生、三岁娃，更是来个不停。来我家看电视的人虽不是人山人海，却也算得上是人来人往！人多时竟有百余人，我家里从没来过那么多人。引玲带走了电视机后，晚上还有不少人来打听着想看哩！整整50天，虽然黑天白日整得人晕头转向，丢盹打卦，扰得我们干不成活、吃不好饭，但全家人心里总觉得乐滋滋的！

1990年8月1日

我们仨去游玩人民文化宫，门票是3分钱，去故宫的门票竟是3元钱。我心里咯噔一下，咋那么贵！前几天还是5角，咋一下子就涨了6倍！不去吧，来一次北京不容易，还是咬咬牙进去吧！里面有午门、太和门和保和殿，以及许许多多的这样宫那样宫，看也看不完，数也数不清。我们三人走到养心殿，发现有个珍宝馆，门票又是3元。我嫌太费钱，不愿去，而胜天认为里面全是稀世珍宝，是平常百姓一辈子也见不到的宝贝呀！我坚持不去，气得胜天说："你们不去，我去！"说完便一人进去了。我和菊兰便在外面等候。好大一会儿工夫，胜天出来却说："门票我已经买好了，来北京就是看景的，你们真的再不去，就干脆明天回去吧！"我和他妈实在无奈，只好进去看了看。里面的金银玉宝很多，我们认也认不得，既不知道叫什么名字，又不知道能干什么用。

2000年元旦

饭后闲谈中，争胜主张让咱家早一天安上电话。他认为父母都已是七八十岁的老人了，4个儿子都没在身边，如果有个电话，父母有了紧急事，便方便多了。争胜还把需要联系紧急事情的单位和个人的电话号码都登记起来，放在父母手边，等将来有了电话再使用。电话号码中包括：医院医生的，公安局的，食堂、饭店的，邮电局的，村委会的，送煤气的等等。

我认为安电话有许多坏处：花钱呀，麻烦呀，叫人呀，跑腿呀等等，坚决反对装电话。争胜说："现在已经发展到了信息社会，你和我妈没有电话怎么能行呢？"我就是不同意，说："即使要安电话，也要等咱们国家加入了世界贸易组织以后安。听说那时会便宜得多，要少花好多钱哩！"

2000 年元月 17 日

胜天和秀春坐矿务局医院同事的小汽车，高高兴兴地回路井来，说要给家里安电话，而我却冷冰冰地说："咱不安。"胜天笑着说："我早就听争胜说咱家要安电话，却怎么不安了呢？"多亏他妈说："咋能不安，要安哩！"胜天又说："我已把电话机和电线都拿回来了，咱现在不讨论安不安的问题，只商量怎么安的问题。"他妈说："那就安。"我说："听说咱中国快要加入世界贸易组织了，那时进口物资便会大降价，省钱得多！"胜天和秀春说："那指的是大批量的进口物资，咱国内的电话机和电线多的是，省不了钱的！电话机我已拿回来一个，我姐那里还有一个。电线我也拿回来四五卷，若不够，我再买，不要你花钱。"说着，胜天立即取出 450 元现款，给了新录，要他找邮局立即安电话，越快越好。他把事情安排完毕之后，便同秀春匆匆坐上同事的小车回韩城了。

2000 年元月 20 日

新录先给了邮局 380 元钱的安装费。但是，路井城里基本没有人安装私人电话，也没有装什么光缆线。村民要安装电话，就要从路井街上的邮电局拉一条专线，直接通到家里。这段距离长达1500多米，拉起线来难度比较大。

2000 年元月 23 日

新录叫来邮局的魏师来咱家安电话，魏师却说已交的 380 元安装费内不包括买电线的钱，并说化肥厂电杆上的线已满了，他只好把线接在公路西边加油站前的电杆上。魏师说他一个人忙不过来，提出要另花钱雇电工上杆接线。新录便说："我就是电工，会上杆接线。"西玲也跟着跑来跑去，取东取西，拉线支杆等，忙个不停，直到天乌黑，有云没月亮，还不能停工，晚上 7 点钟，才暂停了安装，总共用了 5 卷电话线！

2000 年元月 27 日

上午 11 点，电话拨通了，我和菊兰十分高兴！我们若有个头疼脑热，缺盐少菜的事，要是能和西玲、新录打电话就好了。于是，我便让新录从家里往西玲家又拉了一条专线，把两家的电话串联起来，设置了密码。这样我们两家人就可以随时随地通电话了。

2000 年元月 28 日

晚上，我和菊兰把西安热工研究院争胜的电话叫通了，争胜特别高兴！随后我们又和韩城的胜天通了话，得知他下午 2 点钟要去西安参加全省煤炭系统优秀技术尖子的会议。下午 5 点，我又接到引玲的电话，说："江涛单位春节从 2 月 4 日至 14 日放 10 天假，我们准备除夕那天从韩城回来。"晚上，我们又和丰胜、万胜通了电话，儿子们都说电话安得太好了，太及时了！

三、日记杂谈——日记是心灵的家园

◆日记是生命走时镌刻的墓碑，在每一个逝去的日子上，留下你的墓志铭。

——耿林莽

◆有的人只习惯于与别人共处，和别人说话，自己对自己无话可说，一旦独处就难受得要命，这样的人终究是肤浅的，人必须学会倾听自己的心声，自己与自己交流，这样才能逐渐形成一个较有深度的内心世界，而写日记正是帮助我们达到这一目的的有效手段。

——周国平

托尔斯泰的日记

周国平

一

1862 年秋天的一个夜晚，托尔斯泰几乎通宵失眠，心里只想着一件事：明天他就要向索菲亚求婚了。他非常爱这个比他小十六岁、年方十八的姑娘，觉得即将来临的幸福简直难以置信，因此兴奋得睡不着觉了。

求婚很顺利。可是，就在求婚被接受的当天，他想到的是："我不能为自己一个人写日记了。我觉得，我相信，不久我就不再会有属于一个人的秘密，而是属于两个人的，她将看我写的一切。"

当他在日记里写下这段话时，他显然不是为有人将分享他的秘密而感到甜蜜，而是为他不再能独享仅仅属于他一个人的秘密而感到深深的不安。这种不安在九月后完全得到了证实，清晰成了一种强烈的痛苦和悔恨："我自己喜欢并且了解的我，那个有时整个地显身、叫我高兴也叫我害怕的我，如今在哪里？我成了一个渺小的微不足道的人。自从我娶了我所爱的女人以来，我就是这样一个人。这个簿子里写的几乎全是谎言——虚伪。一想到她此刻就在我身后看我写东西，就减少了、破坏了我的真实性。"

托尔斯泰并非不愿对他所爱的人讲真话。但是，面对他人的真实是一回事，而对自己的真实是另一回事，前者不能代替后者。作为一个珍惜内心生活的人，他从小就养成了写日记的习惯。如果我们不把记事本、备忘录之类和日记混为一谈的话，就应该承认，日记是最纯粹的私人写作，是个人精神生活的隐秘领域。如果写日记时知道所写的内容将被另一个人看到，那么，这个读者的无形在场便不可避免地会改变写作者的心态，使他有意无意地用这个读者的眼光来审视自己写下的东西。结果，日记不再成其为日记。当一个人在任何时间内，包括在写日记时，面对的始终是他人，不复能够面对自己的灵魂时，不管他在家庭、社会和一切人际关系中是一个多么诚实的人，他仍然失去了最根本的真实，即面对自己的真实。

因此，无法只为自己写日记，这一境况成了托尔斯泰婚后生活中的一个持久的病痛。三十四年后，他还在日记中无比沉痛地写道："我过去不为别人写日记时有过的那种感情，现在都没有了。一想到有人看过我的日记而且今后还会有人看，那种感情就被破坏了，而那种感情是宝贵的，在生活中帮助过我。"这里的"感情"是指一种仅仅属于每个人自己的精神生活。在世间一切秘密中，唯此种秘密最为神圣，别种秘密的被揭露往往提供事情的真相，而此种秘密的受侵犯却会扼杀灵魂的真实。

可是，托尔斯泰仍然坚持写日记，直到生命的最后日子，而且在我看来，他在日记中仍然是非常真实的，比我所读到过的任何作家日记都真实。他把他不能真实地写日记的苦恼毫不隐讳地诉诸笔端，也正证明了他的真实，真实是他的灵魂的本色，没有任何力量能使他放弃，他自己也不能。

二

对于我们今天的作家来说，托尔斯泰式的苦恼就更是一种陌生的东西了。一个活着时已被举世公认的文学泰斗和思想巨人，却把自己的私人日记看得如此重要，这个现象似乎只能解释为一种个人癖好，并无重要性。据我推测，今天以写作为生的大多数人是不写日记的，至少是不写灵魂密谈意义上的私人日记的。想要或预约要发表的东西尚且写不完，哪里还有工夫写不发表的东西呢？

曾经有一个时代，那时的作家、学者中出现了一批各具特色的人物，他们每个人都经历了某种独特的精神历程，因而都是一个独立的世界。在他们的一生中，对世界、人生、社会的观点也许会发生重大的变化，不论这些变化的促因是什么，都同时是他们灵魂深处的变化。我们尽可以对这些变化评头论足，但我们不得不承认，由这些变化组成的他们的精神历程在我们眼前无不呈现为一种独特的精神景观，闪耀着个性的光华。

三

我把一个作家不为发表而从事的写作称为私人写作，它包括日记、笔记、书信等等。这是一个比较宽泛的定义，哪怕在写时知道甚至期待别人——例如爱侣或密友——读到的日记也包括在内，因为它们起码可以算是情书和书信。当然，我所说的私人写作肯定不包括预谋要发表的日记、公开的情书、登在报刊上的致友人书之类，因为这些东西不符合我的定义。要言之，在进行私人写作时，写作者所面对的是自己或者某一个活生生的具体的个人，而不是抽象的读者和公众。因而，他此刻所具有的是一个生活、感受和思考着的普通人的心态，而不是一个专业作家的职业心态。

毫无疑问，最纯粹、在我看来也最重要的私人写作是日记。我甚至相信，一切真正的写作都是从写日记开始的，每一个好作家都有一个相当长久的纯粹私人写作的前史，这个前史决定了他后来成为作家不是仅仅为了谋生，也不是为了出名，而是因为写作乃是他的心灵的需要，至少是他的改不掉的积习。他向自己说了太久的话，因而很乐意有时候向别人说一说。私人写作的反面是公共写作，即为发表而从事的写作，这是就发表终究是一种公共行为而言的。对于一个作家来说，为发表的写作当然是不可避免也无可非议的，而且这是他锤炼文体功夫的主要领域，传达的必要促使他寻找贴切的表达，尽量把话说得准确生动。但是，他首先必须有话要说，这是非他说不出来的独一无二的话，是发自他心灵深处的话，如此他才会怀着珍爱之心为它寻找最好的表达，生怕它受到歪曲和损害。这样的话在向读者说出来之前，他必定已经悄悄对自己说过无数遍了。一个忙于向公众演讲而无暇对自己说话的作家，说出的话也许漂亮动听，但几乎不可能是真切感人了。

托尔斯泰认为，写作的职业化是文学堕落的主要原因。此话愤激中带有灼见。写作成为谋生手段，发表就变成了写作的最直接的目的，写作遂变为制作，于是文字垃圾泛滥。不被写作的职业化败坏是一件难事，然而仍是可能的，其防御措施之一便是适当限制职业性写作所占据的比重，为自己保留一个纯粹私人写作的领域。私人写作为作家提供了一个必要的空间，使他暂时摆脱职业，回到自我，得以与自己的灵魂会晤。他从私人写作中得到的收获必定会给他的职业性写作也带来好的影响，精神的洁癖将使他不屑于制作文字垃圾。我确实相信，一个坚持为自己写日记的作家是不会高兴去写仅仅被市场所需要的东西的。

四

1910 年的一个深秋的夜，离那个为求婚而幸福得睡不着觉的秋夜快半个世纪了，对于托尔斯泰来说，这是又一个不眠之夜。这天深夜，这位 82 岁的老翁悄悄起床，离家出走，十天后病死在一个名叫阿斯塔波沃的小车站上。关于托尔斯泰晚年的出走，后人众说纷纭。最常见的说法是，他试图以此表明他与贵族生活——以及不肯放弃这种生活的托尔斯泰夫人——的决裂，走向已经为时过晚的自食其力的劳动生活。因此，他是为平等的理想而献身的。然而，事实上，托尔斯泰出走的真正原因也就是 48 年前新婚燕尔时令他不安的那个原因：日记。

如果说不能为自己写日记是托尔斯泰的一块心病，那么，不能看丈夫的日记就是索菲亚的一块心病，夫妇之间围绕日记展开了旷日持久的战争。到托尔斯泰晚年，这场战争达到了高潮。为了有一份只为自己写的日记，托尔斯泰真是费尽了心思，伤透了脑筋。有一段时间，这个举世闻名的大文豪竟然不得不把日记藏在靴筒里，连他自己也觉得滑稽。可是，最后还是被索菲亚翻出来了。索菲亚又要求看他其余的日记，他坚持不允，把他最后十年的日记都存进了一家银行。索菲亚为此不断地哭闹，她想不通做妻子的为什么不能看丈夫的日记，对此只能有一个解释：那里面一定写了她的坏话。在她又一次哭闹时，托尔斯泰喊了出来：

"我把我的一切都交了出来，财产，作品……只把日记留给了自己。如果你还要折磨我，我就出走，我就出走!"

说得多么明白。这话可是索菲亚记在她自己的日记里的，她不可能捏造对她不利的话。那个夜晚她又偷偷翻寻托尔斯泰的文件，终于促使托尔斯泰把出走的决心付诸行动。把围绕日记的纷争解释为争夺遗产继承权的斗争，未免太势利眼了。对于托尔斯泰来说，他死后日记落在谁手里是一件相对次要的事情，他不屈不挠争取的是为自己写日记的权利。这位公共写作领域的巨人同时也是一位为私人写作的权利献身的烈士。

日记：作家的心灵之窗

耿林莽

一

托尔斯泰为了维护"只为自己一个人写日记"的自由所做的"斗争"，以至因此而蒙受精神困扰，深深地打动了我。他因之而与爱妻发生了长期的龃龉，最终携日记出走，死在一个小站上。

日记的意义和它的价值，因托翁的这一终其一生为之坚守的忠贞与挚诚而被照耀得光芒万丈了。日记是神秘的吗？不，日记是神圣的。

当然，并非所有的日记。我想，那种流水账式的、备忘录式的，资料保存性的日记自有其价值，但完全是另一种性质的东西。我们称之为"私人写作"的，作为心路历程之印迹而存在的这种日记，我称之为灵魂的私语，内心的独白。这是一个人，一个作家、学者或诗人的心灵的隐私的窗口，这是仅仅属于他自己的一个精神的密室。

二

写作原本是私人事情：意识流动，内心感悟，有病呻吟，乘兴而歌。

"为何我要写作？"贝多芬回答说，"我心中所蕴蓄的必得流露出来，所以我才写作。"

然后才是交流，有了交流，有了社会化，有了"作家"这一职业，有了文学的商品性，写作的私人性便被掩盖、取代了。一些深刻的变化次第展现，随着意识形态的政治升级，市场经济的蓬勃发展，大众传媒的哗然而起，深刻的危机威胁着文学本体存在——它的个人性独特创造的基因。在这样的社会背景和文化语境下，敏感的人像回望童年似的想起了日记，这一私人写作的重要形式，这一文学之始祖的幽灵，并对之产生了浓郁的"乡愁"之思。

日记，是说真话，吐真情，显个性的"自留地"。每当我读到一些作家披露心迹，纯任性情流布，语言文字也不作任何雕琢与矫饰的原生态珍品时，便有一种如饮琼浆的清新之感。

卡夫卡在他的一篇日记中写道：

读日记使我激动，这是因为当前我不再有一丝一毫安全了吗？一般在我看来皆属虚构……我心中一片空虚迷茫，活像在夜里，在大山一只失群的羊；或者像一只跟着这么一只羊跑的羊。如此失落孤独，却又没有诉苦的力量。

克尔恺郭尔在一篇日记中写道：

为了我的忧郁，我依然爱着这世界，因为我割舍不下这忧郁。

我死亡，我诅咒，我可以与世上的一切脱尽关系，但我甚至连在睡眠中也摆脱不掉我自己。

是怎样的一种对人生的执着和内心的苦恼困扰着这些作家们的灵魂！在生活中，他们不得不与世周旋，敷衍应对，不得不戴上面具，操作一种社交的、市场的、官场的话语。而现在，独自面对自己，不用穿礼服，戴冠冕，甚至连外套与内衣也可以脱去，打开心扉，赤裸灵魂，无话不可对己言。真情实感，独立思考，可以打破一切樊篱与锁链，包括技巧的做作，文体的束缚，新潮时尚，传统习惯，长官意志，编辑好感，流派风格，这"主义"那"主义"的创作方法，一切的字酌句斟扭捏作态，统统可以摆脱或超越，回到原始的质朴天真，自然亲切，不修边幅。没有技巧的技巧，不讲形式的形式，随心所欲的结构，这是一种高度的、自治的、标准的自动写作。

三

关于日记，我在自己的札记中写过这样的随感：

"日记是生命走时镌刻的墓碑，在每一个逝去的日子上，留下你的墓志铭。"还有："日记——私人写作是一座坟，心之幽灵的踽踽独步，午夜无眠时的喃喃自语，创伤的抚摸，一种伤心，一种忏悔，一点点不可告人的隐忧。所有这些不欲与人言的思想、感情和情绪，自由释放，腾跃而出为云烟缕缕，落在纸上，便是私人的财富了。写出来依然密封，依然覆盖着土，在坟墓中……文学史家们挖掘'考古'有所发现，有闪闪发光的灵魂之珍宝，在其中隐匿，藏留，那便不仅是私人的财富了。"

每天和自己谈一次话

储瑞耕

俗话说，"骏马不劳鞭，响鼓不重锤"。一个积极上进的青年，不应该总依赖外力的督促，应该自己给自己"加鞭"和"敲打"。我以为记日记就是对自己"加鞭"和"敲打"的好方法。列夫·托尔斯泰在他的小说《复活》中，借主人公聂赫留朵夫的口说，写日记"不是什么孩子气的事，而是跟自己的我，跟每个人的内心都有的、真正的、神圣的我，谈话。"日记中的"我"，的确是一位最忠实、最坦白、最理想的朋友了。

和日记中的"我"谈话就是一种自我分析、自我评价和自我修养。和日记中的"我"谈话，犹如在心灵的"镜子"上"自鉴"。20世纪初，我国一位著名的教育家杨杏佛先生说："日记虽小课，然作时多在清夜，追省一日所为，无异衡其功过防患未然，悬崖勒马皆在此时。若日日无间断，虽无意自省已尽省之功矣。"在写日记的时候，"一日之所为""一日之功过"，在镜子上能照得清清楚楚。人非圣贤，孰能无过。"三饱一倒"的人，在镜子里看到自己的形象，就不会再心安理得地躺下；"一时清楚，一时糊涂"的人，在镜子面前打个"照面"，就很可能不再糊涂下去；取得了一点点成绩就沾沾自喜的人，在镜子面前就可能低下了头，羞红了脸；尤其是那些不被人察觉的事情，更应该在镜子面前有个交代……日记中的"我"是清醒的，严肃的。如果在上床睡觉之前，清夜人静之际，打开日记本，握笔凝神，调理一下思想，看出一些问题，提出一些要求，提醒一下自己，督促一下自己，鞭打一下自己，那么今天日记中的"我"，将给明天生活中的

"我"提供很好的借鉴。和日记中的"我"谈话，就是在心灵的"天平"上"自检"。杰出的国际共产主义运动活动家季米特洛夫说过："青年，谁在睡下时不想想一天中学会了什么东西，他就不会前进……要找出时间来考虑一下，一天工作中做了些什么：是正号还是负号。假如是正号——很好；假如是负号，那么就要采取措施。"心灵上的天平能称出学习的进取心、工作的责任心和生活的事业心。人生如逆水行舟，不进则退。可怕的是习惯于无所用心、无所追求，不知不觉就会滑下去。如果能不断回头看路，就能早知早觉，事情就会尽快地重新好起来。记日记是一种思想上的自检。问题出在哪里？是方向，是方法，是情绪……在日记上经常和自己谈谈话，每天都不懈怠，每天都有个自我汇报，长期坚持，就能鞭策自己一步步实现既定的目标。和日记中的"我"谈话，就是利用心灵"空调"来"自控"。人离不开自己生活的环境。环境总是变化的，学习的方式和工作的岗位可能变化；更多的是许许多多活动着的人和事，影响着我们的思想和情绪。一个人完全受外界环境的摆布，那就真成"染之苍则苍，染之黄则黄"了。遇到高兴的事，便兴奋不已；遇到怄气的事，便茶饭不进。这显然不可取。宋代思想家范仲淹勉励人们"不以物喜，不以己悲"。聪明的人具有一种"以不变应万变"的能力。写日记也是培养这种能力的好方法。这种自控的能力，谁也代替不了，只有日记中的"我"能帮你解决。过分"兴奋"了，它会帮助你"降温"；陷入愁苦的困境，它又能领着你一步步超脱。坚持写日记的人，在生活的道路上也可能有一时半时的停滞，甚至做出些荒唐的事。但一般来说，他们能很快"刹车"，并焕发出新的生命力。当你把自我溶化在环境里的时候，你的日记就成了生活经历的写照。这种日记不断地完善我们对社会、对人生的认识和理解，使自己逐渐成熟起来。写日记并不意味着成天作自我检讨，和心灵上的"我"交谈是一种高尚的精神生活。在推心置腹的谈话中，有时好像总和自己"过不去"，实际上，正是那个高大的"我"在鼓励你。自己骂自己，什么话都能接受；自己"敲打"自己，自己给自己"加鞭"，再疼也心服口服。"自鉴""自检""自控"的结果，带来的会是"自励"。如果说，每个坚持写日记的人，将来都大有作为，这话太绝对了，那么，可以这样说：坚持写日记，大大有利于一个人"有所作为"！

倾诉永不停止

谭 竹

我是从 13 岁那年开始写日记的，到现在已经写了 18 年，有厚厚的二十个本子，基本上一年一本。

13 岁那年，我过得非常不快乐。当时我的成绩不好，被老师认为不会有出息了，心里很绝望，感到自己这一生已经完了。我没有要好的朋友，每天独来独往，非常孤独。于是我写起了日记，每天倾诉自己的心情。当时语文老师也要求写日记或周记，我从来都是交上去的是一本，自己写的是另一本。日记就是只写给自己看的，如果一开始就知道要被别人看，那还有什么好写的？

当时我并没有想到竟会一直坚持下来，成为自身不可或缺的一部分。写过日记的人很多，一生都写日记的人却很少，这是因为一般人把日记当作一项任务，是需要用毅力"坚持"做的事。而写了一生的人把写日记视作内心的需要，生命的需要，是一件自发想做的事，不用刻意去"坚持"的。

我就是抱着很随意的心态来写的，没有功利目的，也不强求非要每天都写。奇怪的是，越是这样越觉得天天都有可写的，即使足不出户，也有很多想法值得记下来。我不认为日记只是流水账，它是一个人的精神世界，因为除了具体发生的事，还有许许多多可以写的。我在日记里记梦并分析它，写看了某书的读后感，对某人的看法，对时光流逝的感慨，检讨或鼓励自己，看到某一个观点的感受，谈到某一句歌词的联想，记下快乐悲哀的心情……不是所有的东西都可以入文章、入信，但一切都可以入日记。

能不能坚持下去，还有一个重要的原因就是安全性。日记是只写给自己看的，除非特殊原因或对某人极大信任，一般不愿意示人，特别是身边的亲人。我哥哥写了十几年日记，后来不写了，原因就是嫂嫂非要看。而我幸运地遇到一个不看我日记的老公，要是他整天盘算怎么偷看我的日记，搞得我惶惶不安，只怕也写不下去了。

更没有想到的是，日记给了我丰厚的回报。现在的我，阴差阳错地成了一个作家，我的主业是小说，小说很重要的一点就是语言，所有的编辑都承认我的语言过关了。这一点，绝对是日记的功劳，每天写几百字或几千字，就算最初都是文字垃圾，十年下来还会是吗？

15岁时，基于和写日记的同样理由，我写下了生平第一个长篇《一生有多长》，十年后出版时我改用了日记体，书名因此被出版商改为《少女日记》。我对这个名字很愤怒，后来想想倒也符合文体才让了步。此书就是以少女时代的日记作为素材写的，很大程度上是真实的，但它有艺术加工和虚构。日记的本质是真实，小说的本质是虚构文本。我想世上最恶心的事情之一就是虚构日记了吧？如果一个人写虚假的日记，我一定不会和他做朋友，因为他一定是功利、虚荣和矫情的。

我和许许多多的人一样，只是一个在世上艰难活着的平凡的人，但我认为，并不是只有名人的日记才有意义，才有价值。每个人的内心，都是一个浩大的世界，如果一个人能用一生的时间来审视和充实自己的内心，那也会成为一个宝藏。就像我写《少女日记》，不过是一个小女孩对自己童年时绝望心情的描述，却感动了很多人，收到很多真诚的读者来信。

但我对日记最大的感激不在于此，而是它帮我撑过了无限孤寂的岁月，撑过了有着无法言说的痛苦与绝望的黑暗时刻。年少时，我是一个孤独郁闷的少女，我用它来抚慰忧伤的心。而今我是一个渴望写出不朽文字的写作者，我依然用它来抵挡在现实中的失落。它是我最忠实的陪伴，无论发生什么也不离不弃。它是我最宝贵的东西，如果失火，我第一想抢救的肯定是它了。

我曾在1998年的日记里写道："又写完一个日记本了，我想这一生都要这么写下去。现在写日记的人已经很少了吧？能够一直写下去，说明已是生命的需要了，否则它只是一个负担，一种强迫自己做的事。对于我来说，我已经不能没有它了，没有它记录我生活过的痕迹，我就像没有过去、没有活过一样。有时也迷惑，紧紧地抓住这些过去的感受有什么意义呢？它也许还会妨碍未来的生活。可是我舍不下这些岁月的痕迹，我不能不记下它，它是最真实、最纯净、最没有功利的文字，它是我寂寞的见证，爱过、恨过、努力过、活过的见证，是生命的一串串脚印。如果没有它，我就会迷失在茫茫的时光里。好了，让我们开始新的诉说吧！"

是的，我会永不停止地向日记倾诉下去，只要我的生命存在一天，它就与我同在一天。我的人生因这些文字而富足，当我的生命消失时，它会比我更长久地留存。因为，我虽然不能给我的女儿留下许多存款，但有一天我可能把我的一生轻轻放在她的手上。

写日记的习惯

周国平

不论在什么场合，只要是面对着中学生，我最经常提的一个建议就是：养成写日记的习惯。中学是人生的一个关键时期，许多好习惯和坏习惯都是在这个时期里养成的。有两种好习惯，一旦养成了，就终身受益。我指的是阅读的习惯和写日记的习惯。这里我只说一说写日记的好处。

第一，日记是岁月的保险柜。

每个人都只拥有一次人生，而人生是由每天、每年、每个阶段的活生生的经历组成的。如果你热爱人生，你就一定会无比珍惜自己的经历，珍惜其中的欢乐和痛苦，心情和感受，因为它们是你真正拥有的东西。令人遗憾的是，这一切不可避免地会随着时间的流逝而失去。为了留住它们，人们想出了种种办法，例如用摄影和录像保存生活中的若干场景。但是，我认为写日记是更好的办法，与图像相比，文字的容量要大得多。通过写日记，我们仿佛把逝去的一个个日子放进了保险柜，有一天打开这个保险柜，这些日子便会历历在目地重现在眼前。记忆是不可靠的，对于一个不写日记的人来说，除了某些印象特别深刻的经历外，多数往事会模糊，甚至永远深入遗忘的深渊。相反，如果有日记作为依凭，即使许多年前的细节，也比较容易在记忆中唤醒。在这个意义上，日记使人拥有一个更丰富的人生。

第二，日记是灵魂的密室。

人活在世上，不但要过外部生活，比如，上学，和同学交往，而且要过内心生活。内心生活并不神秘，它实际上就是一个人自己与自己进行交谈，你读到了一本使你感动的书，你看到了一片使你陶醉的风景，你见到了一个使你心仪的人，你遇到了一件使你高兴或伤心的事，在这些时候，你心中也许有一些不愿或者不能对别人说的感受，你就用笔对自己说。当你这样做的时候，你是在写日记，同时也就是在过内心生活了。有的人只习惯于与别人共处，和别人说话，自己对自己无话可说，一旦独处就难受得要命，这样的人终究是肤浅的，人必须学会倾听自己的心声，自己与自己交流，这样才能逐渐形成一个较有深度的内心世界，而写日记正是帮助我们达到这一目的的有效手段。

第三，日记是忠实的朋友。

我们在人世间不能没有朋友，真正的友谊使我们在困难时得到帮助，在痛苦时得到慰藉，在一切时候得到温暖和鼓舞。不过，请不要忘记，在所有的朋友之外，每个人还可以拥有一个特殊的朋友，那就是日记。在某种意义上，它是你的最忠实的朋友。没有人——包括你最亲密的朋友——是你的专职朋友，唯有日记可以说是。别的朋友总有忙于自己的事情而不能关心你的时候，而日记却随时听从你的召唤，永远不会拒绝倾听你的诉说。一个人养成了写日记的习惯，他仍会有寂寞的时光，但不会无法忍受，因为有日记陪伴他。在隐私权受到法律保护的社会里，日记的忠实还表现在它不会背叛你，无论你对它说了什么，它都只是珍藏在心里，决然不违背你的意愿向外张扬。

第四，日记是作家的摇篮。

要成为一个够格的作家，基本条件是有真情实感，并且善于用恰当的语言把真情实感表达出来。在这方面写日记是最好的训练，因为日记是写给自己看的，一个人总不会把空洞虚假的东西献给自己。对于提高写作能力来说，日记有作文不可代替的作用。作文所起的作用在很大程度上取决于教师的水平，如果教师水平低，指导失当，甚至会起坏作用。与写作文不同，在写日记时，你是自由的，可以只写自己感兴趣的东西，不用为你不感兴趣的题目绞尽脑汁。你还可以只按照自己满意的方式写，不用考虑是否合乎某老师的要求或某种固定的规范。按照自己满意的方式写自己感兴趣的题材，这正是文学创作的主要特征，所以写日记是比写作文更接近于创作的。事实上，许多优秀作家的创作就是从写日记开始的，而且，如果他们想继续优秀，就必须在创作中始终保持写日记时的那种自由心态。

我说了这么多写日记的好处，那么，是不是一个人只要随便怎样写一点日记，就能得到这些好处呢？当然不是。依我看，要得到这些好处，必须遵守三个条件。一是坚持，尤其开始时每天都写，来不及就第二天补写，决不偷懒，决不姑息自己，这样才能形成为习惯；二是认真，对触动了自己的事情和心情要仔细写，努力寻找确切的表达，决不马虎，决不敷衍自己，这样写日记时才能排除他人眼光的干扰，坦然面对自己，句句都写真心话。

写到这里，我不得不对天下的老师和家长们进一忠告，因为要遵守这第三个条件，必须有你们的理解和配合。你们一定要把日记和作文区别开来，语文老师当然可以布置学生写若干篇日记然后加以批改，但这样的日记实际上是作文，只不过其体裁是日记罢了。我现在提倡学生写的是名副其实的日记，这意味着老师和家长都必须尊重其私密性，如果不是孩子自愿，任何人不得查看。我不止一次听说这样的事情：有的孩子自发地写起私人日记来，家长和老师觉察后，便偷看或突击检查，一旦发现自以为不妥当的内容，就横加指责和羞辱。这是十足的愚蠢和野蛮，是对孩子正在生长的自由心灵和独立人格的摧残。我们应该把孩子的私人日记看作属于他们的一块不容侵犯的圣地，甚至克制我们的好奇心，鼓励孩子不给我们看。我们要相信，孩子的心灵隐私越是受到尊重，他们就越容易培养起真诚、自信、独立思考等品质，他们在精神上就越能够健康地成长。不必担心因此会互相隔膜，实际上，唯有在平等和尊重的氛围中，我们和孩子之间才可能产生实质性的交流。也无须靠检查日记来了解学生的语文水平，学生写日记是否认真，有无收获，必定会在作文中体现出来，而被有慧眼的教师看到。

闲话日记

鲁 冰

日记写作？朋友对这一叫法不解，也不屑。在长沙时，我常跟一个写"前卫小说"的朋友谈论日记写作、日记研究。

好像写散文、写诗、写小说……无可厚非，是文人正业，是"大道"，是国企；独独花点心思于日记，便让人目不正视。日记，仿佛成了副业，是"小道"，是"个体户"。

好像写不出散文、诗、小说……才写日记。

有这可能，也不尽然。日记兼容并蓄，日记囊括万象。说日记是散文、诗、小说……的爹娘似不为过。

对于"日记"的理解，就像瞎子摸象：你摸到眼睛，便是眼睛的日记；你摸到大腿，便是大腿的日记；你摸到耳朵便是耳朵，你摸到尾巴便是尾巴。

这并不重要。日记就是日记。是西施。

不要说日记不能记成流水账，不要说日记不能用技法。不要说日记只能写给自己看，孤芳自赏；不要说日记是暗箱操作，见不得人。

有人说：日记是跑马场。是跑马场便任由马去驰骋。可以是千里马，可以是斑马，可以是乌龙驹，可以是白龙马……千马奔腾，万马齐鸣。

有人说：日记是储蓄银行。是银行就不能光存人民币，美钞、港币、大洋、纪念章都可以通存通兑，零存整取。

日记可言简意赅，也可洋洋洒洒；可以是人生的照相簿，也可是文学创作的百花园，原料供应地；可有诗美花香，也可只留两行足迹；可是蝴蝶，可是蜜蜂；可敝帚自珍，也可坦视他人……

一任适宜，一任钟情。不要任何权威、定论、方框、条纹拘束。

率性而为，是自流而灌溉。

日记最自然，自然是美；

日记最自由，自由是真。

不强娶，不强嫁；

不强买，不强卖。

反对虚构，反对浮夸，反对假设，反对矫饰，反对吹泡泡糖——也只是反对。

日记不是温床上的玩具，不是贵夫人的饰品，不是镀金身的缸。

没有真情实感，不是身体力行，缺乏现实内容，不叫日记。什么也不是。

日记不怕单一。哪怕是草，也会绿成一片汪洋；

日记更喜繁华。百花齐放，才显生命青春活力。

日记是"小道"，小道网络天地；

日记是"个体"，个体活跃经济。

我喜欢读别人的日记（发表或成书的），也喜欢写自己的日记。日记，有古莲，有扶桑，有君子兰，有文竹，有红梅，有紫罗兰，有康乃馨。各有各的形态，或胖或瘦；各有各的色香，或浓郁或淡远。

日记，有苹果，有橘子，有菠萝香蕉，有萝卜白菜，有小葱拌豆腐，有玉米棒子，有细面点心。各有各的味道，或酸或甜；各有各的营养，或清毒或补虚。

在我眼里，在我心里，在我生命里——

活着日记。

大爱无边——母亲的日记

舒 乙

父亲母亲都写日记，但风格迥然不同，这和他们的性格、主张以及记述的年代都有关系。父亲的日记越写越简单，简单到居然一日下来就剩下"理发"二字。这当然和他的情绪，和他记述的那个年代有关。想想，他也真聪明，是无奈中的一点智慧吧。

母亲开始记日记很晚，现在查到的，最早也不过始自1982年。

为什么是1982年？

细细一想，颇有道理。从1978年起，她开始逐渐忙起来。这时她已经七十三了，找她来写字画画的人与日俱增。她好客，待人热情，而且心地善良，是个慈祥的老人，招来一大帮朋友，谈天扯地，办这做那，每天都高朋满座。她有求必应，来者不拒。一来二去，便滋生了记日记的念头。头绪太多啊，必须一一记下来。

她去世之后，姐妹们在她抽屉里找到了不少她的日记，居然装了整整一手提袋，沉得很。我断断续续地翻着看看。

母亲的日记，头一个功能是充当她的工作日记：一天画了多少画，画的是什么，给谁的画；写了多少匾，题了多少字，是中堂，是题签，是贺寿词，是挽词；写了多少诗，是七言，是五言，是词；写了多少信，写给谁；见了多少客人，都是谁；出席了多少会议，看了什么画展，等等等等，非常的详尽，真忙啊。

她常常一日之内把诸多事情列成一、二、三、四、五，分头叙述，有时竟列到十以上。她可是个七十多，八十多，九十多的老妇人！

从她写到的人名看，几乎文艺界各方名流都能在日记中找到，许多人是到家里看她，也有很多时候是向她求字求画的，难怪许多朋友手中至今还收藏着她的字画。

她的日记的另一大价值，是将她的诗作记录下来了一部分，其中不乏写得很有感情，而且颇有功底的。有一本日记中居然记录了206首她的诗。

有一年，旅居台湾的老友台静农先生寄条幅赠诗给她，她有感而发，特书《怀老友》诗一首作答：

匆匆别去忽经年，有喜重逢海角边。

尔我遭时同作客，弟兄把臂各随缘。

遥瞻两岸家何远，近忆陪都梦自牵。

世处人情各不同，半窗风雨泪烛前。

母亲八十六岁那年，逢父亲九十二岁生日，她有一首诗记在日记中，也感人泪下：

识苦含辛八六年，此身难得一日闲。

齐鲁年年惊鼙鼓，巴蜀夜夜对愁眠。

几度团圆聚又散，首都重逢艳阳天。

伤心阴霾永隔世，湖底竭时泪涟涟。

由这些诗中可以看出母亲是个感情丰富而细腻的人，她恋家，重亲情，重友情，挺过了一生的坎坷，到了晚年，追忆一生，常常感慨不已，诗句便"流"了出来，随时随地。

母亲的日记，记着记着，突然蹦出我的名字，着实让我吓一跳。我平常白天在的时候很少，自己忙自己的，每天晚上陪她吃吃晚饭而已，交流机会实际并不多，和她接触的时间比起姐妹和妻子来要少得许多。怎么在她的日记中会有我的事呢？

当我们全家离开旧居平房，分别搬入各自的楼房宿舍时，我征求母亲的意见："你愿意和哪位儿女过呢？"她轻轻说了一句："就跟你吧。"这样，直至去世，我这一家和她又一起生活了十二年。

在这十二年的日记中，她多次记录了我的行踪，譬如："乙已去密云开会"（1990年），"乙六时许回京，先开四天冰心学术会，带来水仙一筐，大号的头，并有大柚子一个，桂圆一大包，鱿鱼一大包，大蜜柑十个"（1990年），"小雨，乙参观潭柘寺、戒台寺等处"（1992年），"乙在国子监讲演"（1992年），"乙照了许多四川、山东照片，但旧房全拆，抗战痕迹皆无，留大人物故居不多，北碚故居匾仍挂着，但没有前门"（1993年），等等。

儿子每次远游，老人总是牵挂着。儿子回来了，老人放心了，跟着记述一些见闻。

这是我没有想到的。

平平常常的事，但此时此刻，翻阅着她的日记，心里便不再平静。小时候，在重庆北碚，看见过一大群小雏鸡当天上有老鹰飞来的时候，怎样钻到母亲的翅膀底下躲起来，当时便觉得鸡妈妈真好，它的翼下毛茸茸的，肯定又软又暖，非常安全，完全可以无忧无虑。

同样是小时候，时常看见猫妈妈怎样叼着刚生下不久的小猫到处转移。猫妈妈担心小孩子们看了它的小宝宝，无密可保了，危险了，便精心地寻找一个隐蔽的地方，换一个窝，让小孩子们再也看不见摸不着。猫妈妈需要保证小宝宝的绝对安全，虽然叼着小猫走来走去的样子令人看着揪心和可怕。

不知怎么搞的，看了母亲的日记，突然想起了鸡妈妈和猫妈妈，仿佛自己成了那些小雏鸡和睁不开眼的小猫咪。

或许，在母亲的眼里，孩子永远是孩子，长不大，别管事实上他已经是五十多岁还是六十多岁。孩子自己倒不察觉，可是母亲老偷偷地惦记着你，不管你走到哪儿，她的心便跟你走到哪儿。不信，有她的日记为证。

天下的母爱就是这么一点一点积攒起来的。

我终于明白：所谓一点一滴的母爱，实际上就是一次次的揪心，一次次的惦记，或者一次次的不安。无数次的揪心、惦记和不安便汇成了两个伟大的字眼——母爱。

母爱永远是无声的，没有任何宣言，默默的，心甘情愿的，甚至让人不能察觉的，悄悄的，因为母爱根本不要回报，永远是单向的。

我在母亲日记里就读到一些微小而细碎的事，是她主动为我做的，或者是她特意记下来的，譬如1992年9月24日她写道："为乙去浇花"。同年12月13日日记里有这么一段："中午乙做头天剩的青菜，做面条，泡羊肉。"这样的记载，令我不光感动，简直有些吃惊了。

我发现她还有这样的记载，如1993年1月17日："舒乙越来越主观。"1993年5月1日："得知乙心脏忽然不适，劝其戒酒少紧张。"

在家里，我说话常常也不把门，有话直说，不会拐弯，对老人也间或有顶撞，无意中伤了她的心，她宁肯默默地写在日记中，少少的七个字，却也并不渲染。

这就是母亲的涵养和作风，对她来说，也许是最自然不过的事了，孩子永远是孩子。

回想刚到四川的时候，我只有八岁，上小学三年级，因水土不服，得了一身叫"天疱疮"的水疱，流脓不止，好了这处，又长那处，身上几乎没一处好地方，十分痛苦。母亲天天带我去转移至北碚的江苏医学院附属医院里换药，那里有一位叫刘燕公的外科大夫，医术很高明，给父亲割过盲肠。我的疱疮久治不愈，最后，刘大夫建议，说刚由国外传来一种疗法，由亲人身上抽血，再注射给患病者，增加病人身体的免疫力，或许能有救。母亲自告奋勇，说就抽我的吧。可是，等往我身上注射的时候，因我的小胳膊太细，找血管困难，弄了半天也打不进去。我大哭不止，母亲自己竟难过得落下泪来。

她落泪的样子，我至今还记得。

我仿佛找到了母亲日记的源头：大爱无边。

四、日记杂谈——日记改变人生

◆从某种意义上说，每个人都是诗人、画家、音乐家，日记是写给自己的诗，唱给自己的歌，是作者向自己倾吐的一种最好的方式。

——庞中华

◆原来，日记是一块无垠的土地，只要你播种耕耘就会有收成。

——乔忠延

日记·书法·人生

庞中华

我深信，人们的心都是相通的。我们期望理解别人，也渴望把自己的心思向别人倾吐。于是，诗人用火热的语言，画家用感人的形象，音乐家用悦耳的声音，把自己诚挚的心奉献给人间。从某种意义上说，每个人都是诗人、画家、音乐家，日记是写给自己的诗，唱给自己的歌，是作者向自己倾吐的一种最好的方式。

我是从青少年时代开始写日记的。1962年9月，我十七岁，在重庆建材专科学校地质勘探专业念书，深感时光流驰，岁月蹉跎，心里时时涌出按捺不住的激情，于是每天就在笔记本上写下一点东西。写自己的感受、经历，也从书报上抄下一些诗词、谚语、格言及故事。这很像开"杂货铺"，什么东西都尽收本上。稍后，我改变了方法，凡读书的内容，全记录在另一本《读书笔记》中，日记只写自己每天印象最深的东西。就这样，写完一本又一本，才发觉这些本子规格大小参差不齐，既不美观，也不便于收藏归类，此后我就采用统一规格的本子了。当时我很年轻，对自己的意志和毅力缺少锻炼，也不知自己能坚持到何时。当身体有病，心情苦闷的时候，就想撒手不写了，但翻开第一本日记，看看自己当初写下的决心，咦！我连一件小事都不能坚持，还能成大事吗？我不愿做一个虎头蛇尾的人，就又坚持写了下去，久之便成了习惯，至今不间断地写了23年。

1966年，我开始研究钢笔书法。钢笔书法的最大优点就是能结合应用，于是日记成了我最好的"实验园地"。当我追随地质队伍，走遍祖国山山水水，小书包总装有日记、笔记、字帖和钢笔。在高山巅，在小溪畔，在老乡的茅屋里，在轰鸣的钻机旁，翻开书，打开本子，把自己这颗年轻的心写进日记和笔记里，该是何等的惬意啊！

那时，因为生病，我爱上了体育锻炼。为了使锻炼卓见成效，我又增加了一本《锻炼日记》，记录每天锻炼的时间、次数，以及脉搏、胸围、体重、睡眠、自我感觉等各种变化，通过《锻炼日记》经常进行自我检查、分析对比，身体日益健壮，充满青春活力，真有说不出的快乐！

我根据习字的计划，在日记和笔记中，分别用楷书、魏碑、隶书、行书交替书写，这样就把日记和钢笔书法紧密地结合在一起看，只要翻开日记，就能看出我各个时期书法的进展，日记本不但是钢笔书法驰骋的天地，同时也记录我对钢笔书法艺术的实践、理想和追求。后来当我把自己研究钢笔书法的成果写成书、写成文章、写成讲稿，向同胞们进行宣传，引起热烈反响的时候，我真应当感谢我的"日记"，因为它不但提高了我的钢笔书法艺术，同时也提高了我的文字表达能力，使我把这颗炽热的心都深情满怀地捧献在同胞面前……

日记，也是人生的镜子。由于它是自己真实感情的记录，当时过境迁，再回首翻阅一下自己的日记，我也常常感到心跳，感到脸红：啊！原来我在很年轻的时候，做过那么多蠢事，有过那么多愚不可及的念头。于是，就知道反省，知道自责，绝不敢摆出"一贯正确"的样子去教训别人，因为现在的青少年，要比我们那时候聪明得多。只要记得自己穿开裆裤的模样，就不会嘲笑孩子们的幼稚了。

（原文有删改）

关于日记的"废话"

顾建新

冠以"废话",不是标新立异、哗众取宠;也非有意制造"幽默",实乃"实话实说"。因为,第一,关于写日记的重要意义,许多大家都讲得很明确了。我再说,似多余;第二,对于经常写日记的人,不用多讲写作的意义,他把写作看成比吃饭还重要,到时不吃(不写)不行,你讲了反而多余;对于不爱写日记的人,你再讲得多也是白搭,他反而认为你"聒噪",太烦,你的长篇大论是对牛弹琴,也是多余。这样,多余加多余加多余……等于"废话"。

但总觉得意犹未尽,不吐不快。契诃夫曾说,世界上有大狗,也有小狗,各有各的叫声。我的声音也许是微弱的,但能给人们提个醒,也感到很高兴。

"日记"常写,对人对己都是益事。若能发表,启迪别人,最好;即使不发表,自己闲暇时看看,也有诸多收获,不信吗?你看——

"日记"是每个人行动与心灵史的记录:它记载了你此时此地的行动,或是你当时的心情。这些,随着时间的流逝,大部分都会忘却,而你以文字形式记录下来,日后再翻翻,再想想,它会像电影,重现历史的镜头。对个人讲,由此检查、反省自己走过的历程,仔细观察一下自己的脚印,从中领悟人生的真谛,行为的得失,对于以后的路走得更顺些,避免再走弯路是极有好处的。对于他人来说,你的日记实际是一个使人可以窥见历史的"窗口",因为许多人所记的不仅仅是个人的行动,也是当时时代风云的一个缩影。现在有许多青年人对过去的历史知识,只停留在电视剧的水平,多看看日记,了解昨天,才能更好地把握今天,创造明天。

其次,日记是一部形象生动的"百科全书"。旅行记、访问记、探险记、参观记……它不仅向世人展现风光绮丽的自然景观，也向你揭示大自然和人生的奥秘。你随作者忽而到鲜花盛开的蝴蝶泉边；忽而到茂密的非洲原始丛林；忽而深入到海底几千公尺的深处；忽而到神奇的埃及法老洞探秘……你在赏心悦目、心旷神怡的同时，欣然了解、掌握了许多科学知识，这不是一件一举多得的趣事吗？

第三，许多日记记载了作者与不同人物的交往。我们不仅可以体味真正的朋友之间挚爱的情感，更可以了解许多知名人士的情怀，他们对人间万象的独特看法，从而使自己得到心灵的净化，思想的升华。许多日记中记载的大学者、大手笔极小的事件，甚至是一个极平常的动作，往往是常人忽略不予注意的，但却能鲜明地表现一个人的人格、品行，给人以启迪。从这个角度说，日记也是一部精彩的"人学"，它的意义并不在一部理论著作、一本小说、一出戏剧之下。而且由于它是真实的记录，更让人感到真实、可信、可亲，作用反而比后者更大。

第四，许多日记记录了作者真实、深刻的思想，是作者对一闪即逝的思想火花的敏锐捕捉。它有人生的真谛、浪漫的幻想、深刻的哲理，往往有强大的冲击力和巨大的感召力。读着它犹如在读一首激情澎湃的诗歌，在品味一篇哲理深刻的论文，许多警句、名言让人感奋，使人铭记。日记多是有感而发，多是情感燃烧的结晶物，因此就特别有激励人的力量。

第五，日记是培养每个人提高写作能力的学校。每天写一点，既培养观察力，又能使文字顺畅，何乐而不为？另外，许多大文学家如契诃夫、高尔基、托尔斯泰等人，通过写日记，积累了大量的写作素材，许多作品的题材，就从日记中直接选择，快捷又得心应手。

最后，写日记是对一个人毅力极好的考验，能几十年如一日记日记的人，必定是一个持之以恒、工作严谨的人。他干任何一件事，一定会细致、认真。鲁迅逝世前一天还在写日记，竺可桢记日记数十年如一日，他病逝前不能亲自去观察气象，就收听广播，特意写上"局报"。我们不少人（包括笔者）开始做这件事时信心百倍，专门准备了一本漂亮的笔记本。结果，连续写不了几天，"日记"变成了"周记"，"周记"又变成了"月记"，"月记"再变成"半年记"……最后以彻底气馁、甘拜下风结束。有人总以"忙"为借口，实际却是缺乏毅力。

"日记""日记"，让人欣喜又让人心酸！

（原文有删改）

无心插柳柳成荫

乔忠延

光阴是个法力无边的魔法师，分明自己是个天真烂漫的少年，一转眼却鬓添白发，年过半百，上了岁数，岁数可能也算是人生的一种资本。有点岁数的人时不时便想翻检一下这资本，回味回味生活的坎坷，感念感念奋斗的艰辛，享受享受成功的喜悦。有时还会在成功的喜悦中陶醉，只要不是烂醉如泥，说不定还能鼓动起新的活力。翻检我的阅历，想起了写过的日记。想起日记，忆起了一句老话：无心插柳柳成荫。

认真说起来，我这大半辈子做过的事，多是有功利性的。上学是为了求知，劳动是为了谋生。后来进了城，参加了工作，工作更是有具体任务和目标的。何况，工作的背后是领工资，是人民养育了自己。如果真要找出件没有功利的事恐怕当数日记了。是的，我写日记，没有为过吃，没有为过穿，没有为过名，也没有为过利，只是兴之所至，率意走笔，记下自己认为可记的东西。或是眼见的事情，或是耳闻的消息，或是报刊的警句，甚至是照抄了一段喜爱的社论。的确没什么目的，就是出于爱好。爱好这么做，就这么做了，没有想到的是，这无意之举却好好报答了自己。

在我们这个地方，我时常会成为广众口舌中的话题。人们议论我，不是因为我有权势，不是因为我有钱财，而是因为我朝夕厮守的文字。我们这座城不算大，可是个尧都古城。古城地灵人杰，集聚着出类拔萃的人物。单说这搞文字的吧，有写公文的能手，有写新闻的能手，有写小说的能手，还有写诗歌、散文的能手，这些能手各有千秋，自不待言，咱这么个从黄土地走出来的农民，所以能让人们念及，是因为各门类的文字都敢操练。公文是咱的饭碗，每年郑重严肃的《政府工作报告》就从咱的笔尖下泻出，一泻就是十多个年头。新闻是咱的光彩之色，即兴涂上几笔，报端一现，上司下级，刮目相看，偶尔还碰了个全国新闻奖呢。诗歌、小说是咱人生的浪漫，兴致高了，随声吟诵，落笔成句，断行为诗。若是感触深刻了，敷衍开去，让现实人物变为艺术的典型，在笔墨的天地里演绎波折的人生，那就成了小说。至于散文，那是我人生的本真，是我灵魂的写照。进入这个世界已经二十多年了，虽然历尽艰辛，总算功夫不负有心人。发表作品就不说了，《散文·海外版》刊出过专稿，《散文选刊》编选过作品特辑，人民文学出版社、百花文艺出版社先后出版过十一本散文集。

这么数道，不是为了炫耀自己，而想说明，这些成绩都该记到日记的功劳簿上。

我写日记时间不短了。40年前，上初中时写起的，每日完成作业，信笔写来。不写一页，也要留下几行，写多了，成了习惯，不写觉得少了点什么。如此这般写进学校，写当民办教师的亲见亲历；写进公社，写当秘书的见识困惑；写进县城，写当干事的忙杂感兴；写进政府，写公务的繁冗、局势的变幻，以及繁冗变幻中的情愫……写这么多有什么用呢？没想过用场，写满一本，摞起来，再写一本，在农村就摞了厚厚的十多本。有同事要看，借走了，借就借吧，没有归还，日子久了也就忘了。忘就忘吧，本来就没有想到要用日记去干什么，当然，对它也不那么经心了。

现在想来，我真辜负了日记，真正厚重报答我的正是那些我不经心的日记，我的日记里有当日见闻，那不正是新闻的练笔吗？我的日记里有工作总结，那不正是公文的启蒙吗？我的日记里有曲折的情节，那不正是小说的雏形吗？我的日记里有情感的喷涌，那不正是无韵的诗歌吗？当然，更多的是感悟杂谈，那不正是散文随笔吗？原来，日记是一块无垠的土地，只要你播种耕耘就会有收成。还是上小学的时候，班主任霍慧明老师告诫我们，大地是不会辜负辛勤的人们的。我记住了这句话，却没能按照自己的意趣植播大地，只能在劳作之余随性扦插思想的柳枝，无意这枝条高拔耸起，荫茂成行，竟成为人生的一种风景。说句真心话，我感谢日记，感谢这装点我生命的——日记。

得益于日记的

秦兆基

日记是一种灵活轻便应用得相当广泛的文体，又是一个被人们研究很少的领地。很多文体能使人成名成家，诸如小说家、戏剧家、诗人、散文家、报告文学家、杂文家等等，从没有听说过日记家。

这也难怪，除日记（也可以包括书信）以外，其他的文体都是面向公众的，用这些文体写出的作品能打动人，使人们折服，自然会被认为是名家了。日记（书信），一般情况下，是面向自我或特定对象倾吐情怀的。交换日记看，非极要好的朋友不可。即使写得好，自我陶醉或为少数知友倾倒，怎能称其为"家"呢？

不过许多人，包括我在内，还是喜欢读日记，研究日记，自然去写日记。既想保持自己内心中那块隐私世界，又想发泄，想进入别人的精神生活又不得其门而入，趋向于日记是最便捷的了。鲁迅认为研究日记和书信，可以"从不经意处，看出这人——社会的一分子的真实"，"知道这个人的全般"。对于进行文学研究的人来说，"从作家的日记或尺牍上，往往能得到比看他的作品更为明晰的意见，也就是他自己的简洁的注释"。

作为一名语文教师、文学评论工作者，很大一部分工作是分析作品。披文以览情，离不开了解作家，特别是了解作家在写这个作品时期特定的生活传记、回忆录，他人的作品分析都比不上读作家的日记来得贴切。

读作者自己的日记，可以更清晰地了解作品的写作背景，进入作者的内心世界。我很喜欢鲁迅的小说、杂文、散文和散文诗集，也很喜欢他的日记。在大学读书时，我把《鲁迅全集》和《鲁迅日记》参照起来读了两遍。当教师以后自己买了一部《鲁迅日记》置于案头，经常翻阅。《鲁迅日记》是"排日记事"，属于备忘型，很少揭示内心波澜。但在记事中，可以看出一位伟大的思想家、文学家和教育家对世事、友情和青年学生的态度。从日记可以看出他对劳动人民的同情和对于军阀的不满。在教《记念刘和珍君》时，反复读了鲁迅在"三一八"惨案前后的日记，了解了他这时内心是怎样的愤懑。最近两年在研究鲁迅的散文诗集《野草》，从日记中看他的精神重负和感情纠葛，接触和摸索到一些文学史家没有提及或讳言的事，这样破解作品时就能较好地发掘其深层意义。好的文学评论，应该是在双元宇宙的交叉上去认识作家和作品，特别要深入作者的内宇宙，这样舍日记又何求呢？

读作者日记中写下的人和事，往往比读少年以后写的回忆录、传记要真切得多。日后写的不仅有记录失真的，也有因岁月流逝而感情流于淡薄的。日记中的形象是直接捕捉和植入的，感情没有减弱或掩饰。如读周全平的《北京日记》，从中看到了狂飙社主要人物高长虹等的形象，其他文学史论著从未涉及到这班人的狂放、颓唐的私人生活。从日记中了解到他们中的一些人，始而拥护鲁迅，以后大肆攻击鲁迅，最后又投身革命的原因，补文学史著之不足。

读日记，如对良师，如晤知友，年龄差、时代隔膜、地位的悬殊、国家的界限都不存在了。我认为读一本思想平庸、技术拙劣的小说，一篇矫揉造作、故作高深的散文，不如去读日记。夜深人静，泡上一杯茶，摊开一本名家日记，如聆听他讲阅历和人生体验，亦乐事也。

我也写日记，也鼓励学生写日记。

我认为日记可以备忘，促使自己思考，记下研究用的材料，更重要的是可以练笔。

写作是件苦差事，人是有惰性的。我的文章非逼到非写不可时，决不会去写。有时外出开会半个月不写文章，就有点不知道如何落笔的味道。有位作家，大概是屠格涅夫吧，每天在写，如果写不出，就写："我写不出，写不出……"终于写出来了。我没有这样试过，常以日记代之。好在日记兼容并蓄，什么都可以，备忘、志感、描述、报告、札记，无一不可，写一两首诗也成。在我来说，写日记是自我鞭策，是语言操练，是意志磨炼。有时实在无事可记，就做读书笔记。日记为我的散文和文学评论的写作出了大力。

对学生，我鼓励他们写，指导他们写，选一点名家日记给他们读。尊重他们的"隐私权"，并不要他们呈交，只要他们每周选一则可以给大家看的日记交来，一般写得很起劲，有些获奖和公开发表的文章、诗歌就源于此。

日记未使我成为"家"，但是它帮助我成为一个问心无愧的语文教师，也帮助我写了二十多本语文教育论著、语文读物和四本文学评论集。

谢谢你，日记。

从写日记起家

周骥良

我小时候傻乎乎的，是个笨拙的孩子，又从小在家塾中读书，虽然生活在大都市里，其实却和待在深山老林差不多。等背着书包到外面上学，一切一切都是那样陌生，那样无法适应。当时正处国难当头时刻，学校设有军训，我长着一副宽肩膀，成了排头兵。教官喊喝向左转，我却向右行，搅得整个队形乱了套。那年我14岁，竟然左右不分！功课更是跟不上，数理化不必提了，就连音乐唱歌我也不灵，连五线谱都不认识呢。考唱歌的时候，三位善唱的同学把我夹在中间，他们张嘴我也张嘴，他们出声我却无声。被音乐老师听出来了，单单考我一个人唱，这下子砸了锅。我还有点特长没有？相形之下，只有中文还能对付，毕竟在诗云子曰中混了多年。遗憾的是，我对古书并无兴趣，只能背诵不能理解，因此作文也不行，往往前言不搭后语，笔实在是太沉重了，作文是最能体现学生水平的。语文老师有次问我："你在家塾中究竟怎么读书的啊？"这是问话还是打我的耳光？羞得我低下头去。我虽然傻乎乎的，但自尊心可是强哩，也是想做一个学习好的高材生哩。

转过年来，卢沟桥事变爆发了。基于爱国的热情，不愿到学校去了，就待在家里看书。这些书都是我从商场的旧书摊上买来的，价钱很便宜，又都是进步书籍和文艺书籍，使我眼界大开。这当中就有作家的日记，我很喜欢读日记，日记都是短短的，而且写事写心灵都特别真实，真实是最能吸引人的。这当中也有作家的自我介绍，好多人都是从日记开始走向文坛的。我像是找到了一把开门的金钥匙。数理化我是理解不了的；音乐唱歌我也头痛；本来，做一员武将总是我少年时的憧憬，可是向左转变成向右转之后也就把我的美梦碰了个粉碎。

我还是当个作家吧，作家的称呼又是多么高贵，简直就像挂在天上的星星和月亮，这可不是吹着玩的。但既然前辈人把路铺在这里了，我跟着迈步总是可以的。所以我也就开始写日记了。

我的日记有两种：一种是读书的，每读完一本书，我就把读书的印象写下来。最初还有日期，后来连日记也不记了，我共记了几大本；一种是记事和抒怀的，所见所闻、所思所想都录在上面。这日记我只写了两本，也就是两年，以后就停笔不写了。这是因为在这两年之中我的思想有了极大的转变，已从单纯的爱国主义走向了马列主义。

虽然这样的日记只写了两年，但当我转年复习的时候（这时才刚写不到一年），我才觉得拿在手中沉重的笔已经轻松多了，下笔宛如行云流水，每份作文卷都洋洋千言，再也不会前言不搭后语了。我觉得写日记在锻炼文笔上恰恰符合了"勤能补拙，熟能生巧"的规律。我也就此真的向心目中的星星和月亮的作家行列中奔去。

文学之路的起点

韩映山

每次到学校讲课，都劝同学们多写日记，如实地写身边发生的事，扎扎实实地打好基础，不要追赶时髦。写日记，这是文学之路的起点和开端。

我认为写日记与搞文学创作的关系十分密切。古今中外，好多作家都是从写日记开始的，他们都比较重视日记的作用。茅盾在《创作的准备》中，艾芜在《文学手册》中都提倡写日记，《契诃夫札记》实际上是他别具一格的日记，既是创作素材的积累，从中也可看出他思想的闪光。写日记是对文学语言的锤炼。练习打拳讲究拳不离手，歌唱和戏曲演员讲究曲不离口，立志搞文学就得天天练笔，把手中的笔练得得心应手，随心所欲，写日记就是一种有效的途径。

我是从 20 世纪 50 年代初期在保定市一中上学时开始写日记的。那时，我和任彦芳同学每人订了一个日记本，每天写下自己的见闻、感想和对生活的观察，相互交换着看，商量着怎样把日记写好。记得当时校园里有棵丁香树，每年夏天都开出淡紫色的花。丁香的叶子是椭圆形的，含在嘴里有一种苦味，同时散发出淡淡的清香。我把日记命名为《苦丁香》，寓意自己要走艰苦的文学之路的决心。每天写日记，开始会感到是苦的，但苦尽甜来，先苦后甜，这是世界上不少事情的一个规律。

要想把日记写好，我认为要把握住两点：一是注意观察生活，用自己独到的眼光去观察；二是注意并记下生活的细枝末节。这对进行文学创作是极为有用的。生活是由细节构成的，它是有血有肉的，非常微妙的，通过细节可以反映并塑造人物的性格。青年时期，每逢寒暑假，我从保定回到老家高阳，总是一边劳动，一边观察生活。农村的老大娘们串门、借东西，并不是像城里人那样先敲敲门，而是一进主人家的院子先说话："呦，你们家的老母鸡红了脸了，该下蛋了!"言外之意是说："我来了!"农村夏收的场面，西瓜园里看瓜的老人，我都写进了日记。我的小说《瓜园》《作画》《日常生活》等，从中都可以找到日记的影子。比如《瓜园》中秋高老人说的这段话："瓜生瓜熟还用弹么，不懂眼的才乱弹呢，你搬起瓜来，挨土的一面，要有一层'哈水'，那是准熟!"最先就是写在日记上的。

要想将日记写出特色，我看主要是用自己的眼光去观察生活，发现别人所没有发现的东西，用你那独特的语言把它表现出来。比如不少人写早晨日出都是千篇一律的格式："黎明，东方地平线上呈现出鱼肚白。不一会儿，红彤彤的太阳冉冉升起，照亮了大地。"其实，每个人的感觉并不都是一样的，我对清晨日出的场面仔细观察过多次，感到并不都是鱼肚白，有时有点像狮子毛或鹅毛那种颜色或形状。自然和社会是文学和艺术的大宝库，是源泉，是开掘不尽的宝山，日记可以集中写这方面的东西。另外，也可以写自己隐秘的思想、潜意识。俄国大文豪托尔斯泰的日记就属于这一种。人们常说文无定法，其实日记也是没有固定格式的。老作家孙犁晚年不写日记，他的一个爱好是包书皮，包好后就在书皮上记下自己的感想，他把这些感想统统称为《书衣文录》，这实际上是他写在书皮上的日记。

写日记是个好习惯

凌鼎年

习惯都是久而久之养成的，好习惯与坏习惯都一样。

我写日记始于小学三年级，大约 20 世纪 60 年代吧，屈指算来，我记日记已有 40 年的历史了。因为天天写，每天记日记也就自然而然成了习惯，成了生活的一个组成部分。记得七八十年代时，我是在每晚临睡前记日记。若是哪天上床前忘了记，就会睡不踏实，总觉得还有哪件事没做，第二天必要补上。不过，忘记写日记的日子很少，除非忙得昏头昏脑。

到了 90 年代，进出的信件多了，来往的朋友多了，参加的活动多了，要记的内容杂了，放到晚上记难免会漏掉啥，或记不清记不全，我干脆把日记放在办公室。信要寄出时，先记一下给谁谁谁再寄；收到信，也记一下是谁谁谁来的。如果外出参加活动，我就把日记带在身边，随时记。所见所闻都一一记上，回到家，一翻一整理一加工，一篇篇散文就出来了。譬如 8 月份我去菲律宾参加第四届世界华文微型小说研讨会，逗留五天时间，回来后写了 12 篇稿子。11 月底应美国伯克莱加州大学邀请，去旧金山参加"世界华文文学学术研讨会"，也仅仅逗留六天时间，回来后写了 26 篇稿子。我之所以每到一处后，总能写出一批游记散文来，实要归功于日记，不然转身可能就忘了，甚至再也记不起来了。即便日后朦朦胧胧有点记忆，总不是原话原景，一句话，回忆不是很靠得住的。

还有，我参加过多次海内外的国际学术会议研讨会，在这种会议上，往往是秀才人情一张纸，彼此赠书是常见礼节。若当时不记，后来不知这些集子到底送给了谁，还常常会闹出重复送书的笑话。所以我日记带在手边，边送边记，清清楚楚。

我的日记属于流水账式那一类，文字不多，内容不少，近乎备忘录。

例如每到年底，各级作协和有关方面总要我报创作成果，要编简报，要写总结。如果没有日记，我哪记得住那些内容？现在有日记这本账，稍稍花点时间再翻一翻，全有了，还准确，不会把时间、地点搞错搞混。

年底时，我写过《××年我家的十大新闻》《××年个人盘点》，靠回忆就很伤脑筋，想半天想不全；靠日记，事半功倍。今天我写《2002年个人盘点》时，有意想借此统计一下我全年到底做了哪些事，进出了多少信，我花了一天时间，把365天的日记梳理了一遍，结果得出数据如下：日记字数不加标点符号实打实大约五六万字；创作了文学作品265篇，有45万多字；发表作品290多篇（包括选载转载）；外出参加各种活动二十多次；进出信件3500多封，其中收1900多封，寄1600多封。如果没有日记，我怎么可能对自己一年来所做的事情如此清楚呢？

写到这儿，我还想起了另外一件小事，常有读者寄钱来邮购我的集子，有一次，有读者来信说没收到我的集子，我一查日记，回信告知：哪一月哪一天寄出的。果然，后来他收到了，原来被收发室的人放抽屉里了。还有一次，有个编辑来电话说：约你的稿，我们等着排版的，怎么忘了？我一查日记，报出几日几时寄的，叫他在编辑部查，果然稿子夹在报纸里了。

当然，这些或许都微不足道。就日记而言，如果所记内容涉及名人或较为重大、鲜为人知的事，说不定过了若干年，就有史料价值呢。所以，我应邀去学校讲课时，常鼓励学生养成写日记的好习惯，这对提高自己的写作水平，培养自己的韧性，做事有始有终等等都大有好处。

谈谈写日记

韩少华

近几年，不断有青年朋友问我："要想提高文字能力，该怎么着手呢？"

我也总是这样回答："天天写点日记，是提高文字表达能力的一种比较有效的方法。"

当然，能坚持写日记，受益还不限于练笔一个方面，这对培养观察生活、分析问题、积累材料的能力与习惯，乃至加强思想修养等许多方面，都会有相当的促进作用。一些杰出人物，如朱自清、竺可桢、雷锋，他们所写的日记，就可以说明这一点。

那么，要练习写日记，需要了解哪些有关的基础知识呢？

要明确体式。这里说的，就是指具体的体裁、样式或方式，说到"记"作为一种文体，是古已有之的。古籍上曾指出："'记'者，纪事之文也。"从功用上给"记"的体式以基本的规定。宋代人真德秀认为：记以善叙事为主……后人作记，未免杂以议论。认为"记"，不宜兼有议论。明代人吴讷就比较开通，认为叙事之后，略作议论以结之，此为正体；而虽专尚议论，然其言足以垂世而立教，弗害其为体之变也，也承认某种以议论为主的，仍不失为"记"的变体。

其实，文体本身就是随着社会发展而演变的，就日记而言，既可以只叙事，也可以只说理，又可以夹叙夹议。凡是当日自己所言、所行、所见、所闻、所思、所感，没有什么不可以入日记的。日记是一种容纳面很广，可以自由运用记叙、描写、说明、议论和抒情多种表达方式的应用问题。因此，记日记也是较全面地提高文字表达水平的一种有效方式。

除了明确体式，还要弄清功用，日记的实际功用同书信、报告等不同。书信是向收信人表情达意，报告是向读者叙事说理，日记则是写给日记本人以备查、待用，即是自我服务性质的，这就使得日记这种文体，在具体写作上具有下列这些特点：

一是文字力求简约。由于读者即写者本人，所以行文多为备要式的。有些文字修养深的人，也用些文言词语写日记，以求行文凝练。

二是指代写者的"我"常被略去。例如："下午去北京图书馆查资料"，其中主语"我"被省略了。仍因"我"即读者，不会发生误解的缘故。

如果从日记的具体写法上看，大致有：（1）备忘式；（2）纪实式；（3）随感式；（4）研讨式。当然，在一篇日记里，几种方式相互搭界和综合运用的也不少。这将在后文分别加以说明。

需要指出的是，这里所讲的"日记"，是作为日常应用文体来谈的。至于鲁迅的《狂人日记》，丁玲的《莎菲女士的日记》，以及小仲马的名著《茶花女》里玛格丽特的遗物中的日记，则是文学作品特定主题思想、塑造特定人物形象的一种特殊文学手法或表现方式，就同我们所谈的日记没什么直接关系了。

下面大致谈谈日记的不同写法。

备忘式

上文提到的明代人吴讷曾说：大抵"记"者，盖所以备不忘。也可以说，"以备不忘"，这是日记的基本功用；而"备忘式"的日记，也是日记的基本形式。请看：

昙。上午往师大讲并收去去年五月份薪水泉伍（即五元钱，"泉"，古代钱币的别称。——引文者附注）。午后往北大讲。晚有麟来，赵荫棠来。长虹、钟吾来。夜做《阿Q转序》及《自传略》讫。

这是鲁迅先生于 1925 年 5 月 29 日所写的日记。其中所记的，包括天气、教学、经济收入、朋友往来及写作等。其备忘作用是显然的。这种方式的日记有以下几种特点：

一是不记某事细致内容和具体过程。例如，"往师大讲"与"往北大讲"讲课的内容均未述及。四位友人来，会客情况、谈话内容也都一概略去。

二是行文简约。例如：指代鲁迅先生的主语"我"，均予省略，使用文言词，"讫"乃至"往师大讲"，连"课"字也省了。

三是不加议论、描写及抒情之类的内容。

这种方式的日记，如坚持下去，在培养自己对生活的认真态度，避免自己待人接物方面的疏漏等都会有好处。但在锻炼文字表达能力方面，却不一定有什么显著的效果。还是写纪实式的、随感式和研讨式的，对练笔益处更大，更直接。

纪实式

这种写法比备忘式的要具体。所"记"的"实"可以是对客观事物状况的描述，也可以是对一定事件的内容、过程、要点的记叙。如著名科学家竺可桢的一则日记：

1952 年 4 月 5 日，星期六，昙……晨六点半起，近日北京大有春意，燕子高飞闻其鸣声，但不见踪影，晨夕树叶大小不同，至晚间十点户外比房中温度高，各地桃李盛开，杨柳已全绿。

如果是备忘式的，只记"大有春意"就行了，现后文所展开描述的，都是"春意"的具体状况，写得准确、鲜明，有情有趣，也很简洁。

又如朱自清先生 1948 年 6 月的一则日记：

18 日　星期五　午后有雷雨

在拒绝美援和美国面粉的宣言书上签名。这意味着每月的生活费要减少六百万法币。下午认真思索了一阵子，坚信我的签名之举是正确的。因为我们反对美国扶植日本的政策要采取直接行动，就不应逃避个人的责任。

日记所记载的这一行动的重要意义，见之于毛泽东同志《别了，司徒雷登》一文中的高度评价。而这则日记中，把此举的时间、内容、后果，以及自己的决心和认识，都记叙得具体、明确。通过这种纪实写法，这则日记就成了研究朱先生的思想发展以及当时我国知识界政治倾向状况的可贵史料。

生活细事，也可以入日记。如叶圣陶先生 1945 年除夕写的自重庆返上海江行途中的日记：

雾不浓，船七点后开。略见小滩，水皆平稳。经蔺市、李渡，午刻到涪陵。青年人皆上岸游观，余未上。午后一时许复开船。棹夫停手休息时，青年人往替之。初不熟习，历二三回，居然合拍，上下一致，傍晚歇于南沱，为一小市集，无甚可观。

行文间，把一天里行船和进程记叙得相当完整而扼要。关于时间、地点的交代，一路景物的点染，趣事的叙述，都具体清晰，且有情致，实在是一篇精美的小品文。

这种写法相当常用，它注重记叙内容的具体、鲜明，也不忽略运笔时的情韵、趣味，因此，细致些的观察，深刻些的体验，就成为运用这种写法能否顺手的关键了。

随感式

这种写法的日记，也是相当常用、常见的。例如雷锋同志日记的一则：

1961 年 10 月 17 日

我看到厕所的粪池满了，立即动手把大粪掏出来，虽然牺牲了自己一个上午的休息时间，但是厕所里弄得很干净了。人家开玩笑地说我是一个大粪夫。我觉得当一个大粪夫是非常光荣的。1959 年参加北京群英会的时传祥同志，不就是一个掏大粪的工人么？我要是能够当一个这样的大粪夫，那该多荣幸啊！

这里是因事而有所感。"事"是生活里的真事，"感"是头脑中的实感。记事，简洁明白抒发感想，也确切自然。行文则朴实、顺畅，作为随感式的日记很可取。

再如雷锋 1961 年 10 月 20 日写的那则有名的日记:

人的生命是有限的,可是,为人民服务是无限的,我要把有限的生命,投入到无限的为人民服务之中去⋯⋯

这一则直抒胸臆,并没有交代感想因何而发,但这的确是真情实感、至理名言,记下来很有意义,很有价值。这样写行文更简约,意思也更集中,更突出了。

由于青年人思想活跃,对生活感受力很强,所以这种随感式的写法,往往容易被青年朋友所习用。

随感式的日记,为写作者提供一个非常宽阔的天地,无论从提高认识上看,还是从锻炼文笔上看,只要我们重真实,求自然,是可以在这中间有所收益的。当然,在具体笔法上也应该留意,例如,所写的事情同感想之间的本质联系要抓住,不能彼此脱节,否则,就会使所写内容散乱、生硬了。至于所记的事本来缺乏一定的生活意义或社会价值,却硬要生发一通"感想",那么,要么言不及义,要么无病呻吟,自然是不可取的。

研讨式

对所遇到的有一定意义的现象、事件、问题,加以认识、分析、判断,把自己的见解和得出这一见解的认识过程记入日记,这所记的大致就是研讨式的了。例如,竺可桢同志在 1962 年 6 月 13 日的日记中写道:

接郭老(指郭沫若同志——引者注)函,询问毛主席忆秦娥词《娄山关》有"西风烈,长空雁叫霜晨月⋯⋯"这是否阴历二月现象?我查日记知 1941 年 3 月 2 日过娄山关时见山顶有雪。1943 年 4 月 13 日遇雪⋯⋯可见 2 月间,娄山关是有霜雪,而风向在 1500 米高度也应是西风或西南风的。

读了竺可桢同志的这则日记,对他几十年如一日地记录物候现象的持之以恒精神，以及他研究问题时取证确切、立论严格的学风，是不能不由衷表示敬佩的。同时也可看出，这样的日记，注重事实的真切、数据的确凿、论述的严谨、结构的明确。当然，在研讨过程中，有时也需记叙，但并非只为纪实，而是为立论准备根据；有时也需描写，但并非只为状物，而是为了把作为论据的事物、现象表述得更准确、更清晰；有时也需抒情，但并非只为了孤立地表示爱憎，而是为了加强论述的感情色彩，增大结论的力度。简言之，研讨式的日记只是以议论为主并带有相当的综合性就是了。

　　日记作为一种应用文体，是本无定式的，只是为了说明方便，才举了上述各条体式较典型的例子罢了。实际写作中，往往以某种方式为主而兼用其他，特别是青少年朋友，如果想把日记当作一种练习写作的方式，就更不必呆板地拘泥于框框套套。

关于写日记

胡世宗

的确，我与日记有不解之缘，我开始写日记的年龄大约在十四五岁的样子，并不很早，而且我那时真的不知怎么写才好，比起当今许多初中同学写的日记差远了。我至今保存着这些日记本，每次翻看，都为当年的幼稚和低能感到羞惭和可笑。比如：

1958 年 1 月 3 日 阴

午前换了班级的黑板报，并画了一张国画。

上语文课纪律不太好，没有理由，今后一定要改正。到×××家借第四册历史书。

1958 年 1 月 9 日 雪

今天妈妈去铁西工人俱乐部开家长会。爸爸去第七人民医院看病。我和弟弟妹妹们在家收拾屋子。11 点半上学。放学后到新华书店，本想买几何学习参考书，可是不适合我看，所以没买。

从这些枯燥的流水账似的日记里，根本看不出一丁点文学味儿，可我觉得我正是从记这样枯燥的流水账似的日记开始，把自己的生活影响一点点记下来，从含混、呆板、肤浅，到比较清晰、生动、深刻，同时也把自己对大自然，对社会、人生的观察和思考逐步深化并积累、储存起来。

开始可能是流水账，后来慢慢就不是流水账了。这就是过程，是养成习惯、形成爱好的过程，也是从量变到质变的过程。

为了督促和鞭策自己写日记，我早年的每个日记本的扉页上都几乎写着这样自省的两句话：

"假如你对生活热爱，就不该让一页日记空白……"

这两句话，有的是我手书上的，有的是我精心刻了蜡质、油印到上面的，有的在这两句话后面还加了两句："可以让我少吃一顿美餐，然而日记不可任意中断！"有的，如1962年5月的日记本扉页上还写了一段以"历史老人""时光老人""生活""战斗"合题的赠言："世宗：你今天走没走路？走路有没有留下脚印？你今天有没有思想？有思想记下来没有？不必现在回答我，我是要常翻看你这本子的！"有的扉页还贴着鲁迅诞辰60周年的纪念邮票或赵宗藻木刻的鲁迅先生像，写上自己编的句子："食草酿乳愿为牛，及哺人民死方休"。有的则抄上一段名言，如奥斯特洛夫斯基关于"生命属于我们只有一次……"的那段话。

我还曾机械地规定自己把每天的日记写满整个编页，不管这一天写一页、两页、十页、八页，最后一句话一定在最末那页的最底下一行里，每一天都另开页，每一页都不空行。这种因履削足的方式，我虔诚地坚持了好久。

写日记关键是持之以恒，在坚持中摸索，千万不能"三天打鱼，两天晒网"。可惜我的日记也有中断，但总算是坚持了三十多年，近年我只是外出才较仔细地写日记，在家活儿忙，事儿乱，我就把台历当日记本，在台历页的空白处写简要的日记。从我写日记时起，已写了大大小小几十个本子，具体数字没估过，也估不准。

长年坚持写日记，对我的文学创作很有帮助，这种帮助是一言难尽的。我曾多次同我接触到的青年文学爱好者朋友和一些喜爱文学创作的中小学生朋友交谈写日记的好处。也许写日记当时或写上一个短时期还看不出它的作用和价值，但坚持时间长些，过后一看，那真是受益匪浅。我相信俗话说的"好记性不如烂笔头"。你脑子再好使，也不可能把多少年前发生的事情都记得那么准确，不可能将当时的音容笑貌、言谈举止等等记得那么详细。日记就可以帮助你清晰地回顾这一切。我的《当代诗人剪影》和《当代诗人剪影·续影》，对一些诗人的印象所以写得比较真切，就是得力于我的日记。我的日记里有同这些诗人接触时的印象记录，我写他们的剪影时，这些日记可帮了我大忙。我觉得坚持写日记更主要的好处是帮助自己养成"勤于动脑"的习惯，让大脑这架机器总是在灵活地运转之中。从事创作的人坚持写日记就是保持随时可以进入创作过程的最佳状态。就像运动员在正式比赛前一直都在跑跑跳跳，身心处于良好的竞赛准备阶段一样。常备不懈，一旦要写作，笔不会是滞涩的。我主张写日记"不拘一格"。写日记没有、也不应该有什么固定的模式。我写过一首题为《椰子树像什么》的小诗："椰子树像什么？／像芭蕉？像棕榈？／芭蕉没有它高，／棕榈的质地比它细腻。／椰子树像什么？／不像芭蕉，也不像棕榈。／椰子树就是椰子树，太像别人就没有了自己。"我希望所有日记爱好者顺从自己意愿去写，不要被什么框框套住，也不要为写日记而写日记，特别是不要为给别人看而写。把自己每日见闻和人生体验记下来，有话则长，无话则短。可写自然景色，可写人物素描，可叙述一件事情，可记录自己内心活动，也可作为影视戏剧的观后感，诗、散文、小说、报告文学的读后感，或是对一段名言警句的体会和理解……都行。写得越自然越好，越放松越好，太拘谨不可能写得自如，不自如就容易枯燥呆板。当然，为使文字更精练些，下笔时还是要字斟句酌，尽可能写得精美一些，这与放松自如并不矛盾。

我在日记里也写过诗，也写过所谓"日记诗"，那时我的未婚妻远行南方，我每天都写一首诗表达思念的心情，一连写了二十多天，直到她归来。后来也写过这样的"日记诗"，比如去西沙，上老山前线，走长征路……但不是每天都写一首，有时一天写十几首，有时连着几天不写一首。这是因为诗创作不可能像工人生产机器零件那样机械地生产，写诗要有灵感，要有创作的冲动。"写不出来的时候不硬写"，这是大家熟知的鲁迅先生的教导。如果硬性规定每天一首日记诗，恐怕未必能保证诗的质量，而且这诗也未必能把一天的见闻和思索准确地勾勒出来，肯定会将大量有价值的东西遗漏掉，那该多么可惜！日记和诗可以同时进行。有写诗的灵感时就写诗，诗就写在日记之中，是日记的一个部分，这对喜爱写诗的青少年朋友来说并无所谓，诗可成为日记的精华或日记的点缀。没有写诗的冲动就不写，只一般地写日记。这样就免得把自己逼到一种痛苦的境地。我这样说也不绝对，因为或许有朋友每天坚持写日记诗写得很顺手、写得很好呢！

我是这样写日记的

王宗仁

记不得是从什么时候开始，我在自己的日记本上写下了这么三句话：看见了，想一想，记下来。这就是我记日记遵循的原则。

有心才能看得见，要不，是视而不见，或熟视无睹。

不多思，就品尝不出所见所闻事情的味道。每晚要把当天的见闻在脑子里过一遍筛子，留下那些有意义的"贝壳"。

手勤。不写下来，天长日久就淡忘了。我在青藏高原上曾生活过七年，为什么还能经常写出反映那儿的生活作品？那一本本日记帮了我的大忙。

我很喜欢这三句话，少一句也不行，我正是按此法去写日记的。

当然，日记可写得简练些，不必详细记述你的见闻，你的思索。日记是穿起珠子的金银线，一句话可以引起你对往事的漫忆。我常常由日记中的一两句话生发出来，拽出一串故事。当然这句话要记好，它是浓缩的晶体，而绝不是一个水泡。

我们都是忙人。也许正因为这样，我们更要学会写日记。要不，你将忙得糊涂，忙得转向。